Abendländische Weisheiten

Abendländische Weisheiten

Herausgegeben von
Manfred Barthel

VERLEGT BEI
KAISER

Berechtigte Ausgabe für die
Neuer Kaiser Verlag Gesellschaft m. b. H., Klagenfurt

Neuauflage 2001
Einband: Volkmar Reiter
Satz: Context Type & Sign Pink, St. Veit/Glan
Druck und Bindearbeit: Gorenjski Tisk, Kranj-Slowenien

Hüte dich, sieh jeden an, ob er nicht eine heimliche Lanze im Herzen trägt, wenn er mit freundlichem Gesicht zu dir spricht, ob nicht zwieredig die Zunge aus schwarzem Herzen tönt.

SOLON (ca. 634-560 v. Chr.)

Nichts zu sehr.
Sitze nicht zu Gericht, sonst wirst du dem Beklagten ein Feind sein.
Fliehe die Lust, die Unlust gebiert.
Wahre deine Anständigkeit treuer als einen Eid.
Siegle deine Worte mit Schweigen, dein Schweigen mit dem rechten Augenblick.
Lüge nicht, sondern sprich die Wahrheit.
Um Ernstes bemüh dich.
Hab nicht mehr Recht als deine Eltern.
Freunde erwirb nicht rasch; die du aber hast, verwirf nicht rasch.
Wenn du gehorchen gelernt hast, wirst du zu herrschen wissen.
Wenn du von anderen Rechenschaft forderst, gib sie auch selbst.
Rate nicht das Angenehme, sondern das Beste den Bürgern.
Meide schlechte Gesellschaft.
Sag nicht, was du nicht gesehen hast.
Wisse und schweige.
Den Deinen sei milde.
Das Unsichtbare erkenne aus dem Sichtbaren.

SOLON

Thales wurde gefragt:
Was ist das Älteste?
Er antwortete:
Gott, denn er ist ungeboren.
Was ist das Schönste?
Die Welt,
denn sie ist die Schöpfung Gottes.
Was ist das Größte?
Der Raum, denn er umfasst alles.
Was ist das Weiseste?
Die Zeit, denn sie findet alles heraus.
Was ist das Schnellste?
Der Geist, denn er durcheilt alles.
Was ist das Stärkste?
Die Notwendigkeit, denn sie beherrscht alles.

THALES (angebl. 624-547 v. Chr.)

Nicht die vielen Worte verraten kluges Urteil. Such ein Weises, wähl Ein Gutes. Sonst wirst du nur wüstredende Zungen der Schwätzer lockern.

THALES

Dem Schicksal zur Seite thront der Wille als leitende Macht.

PYTHAGORAS (um 570-497 v. Chr.)

Vielwisserei bringt noch keinen Verstand.

HERAKLIT (550-480 v. Chr.)

Die Grenzen der Seele wirst du nicht finden, auch wenn du

HERAKLIT

alle Wege durchwanderst.
So tiefen Grund hat sie.

HERAKLIT

Der Himmel hilft niemals denen, die nicht handeln wollen.

SOPHOKLES (ca. 496-um 407 v. Chr.)

Nur wenn man den Bogen braucht, spannt man ihn. Hielt man ihn dauernd gespannt, so würde er zerbrechen.
Nicht anders ist es mit dem Menschen. Ist er immer nur ernst und fleißig und lässt dem Schmerz und der Torheit keinen Raum, so wird er unvermerkt toll oder ganz schlaff und müde.
Darum gebe ich diesem so gut seine Zeit wie jenem.

HERODOT (490-425/20 v. Chr.)

Nichts ist unsittlich, wenn es denen, die es tun, nicht als solches vorkommt.

EURIPIDES (480-407 v. Chr.)

Wen das Wort nicht schlägt, den schlägt auch der Stock nicht.

SOKRATES (470-399 v. Chr.)

Man muss auf seine Feinde achten, denn diese bemerken zuerst unsere Fehler.

ANTISTHENES (um 455-um 360 v. Chr.)

Die Liebe des Menschen ist das Streben nach dem Besitz des Guten. ...Und da die Liebe das Gute ewig besitzen will, so muss sie mit dem Guten auch die Unsterblichkeit begehren.

PLATON (427-347 v. Chr.)

Angenehm ist am Gegenwärtigen die Tätigkeit, am Künftigen die Hoffnung und am Vergangenen die Erinnerung.

ARISTOTELES (384-322 V. CHR.)

Ein Tropfen Glück ist mehr als ein Fass Geist.

DIOGENES VON SINOPE (gest. 323 v. Chr.)

Wem genug zu wenig ist,
dem ist nichts genug.

Epikur von Samos (341-271 v. Chr.)

Das Wort »Frieden« ist etwas Süßes, der Friede selbst eine heilsame Sache, aber zwischen Frieden und Knechtschaft ist ein gewaltiger Unterschied!

Marcus Tullius Cicero (106-43 v. Chr.)

Der ungerechteste Frieden ist immer noch besser als der gerechteste Krieg.

Marcus Tullius Cicero

Es ist die Gewohnheit der unsterblichen Götter, Menschen, die sie für ihre Ruchlosigkeit büßen lassen wollen, eine Weile größeres Glück und für eine längere Zeit Straflosigkeit zu gewähren, um sie dann durch einen Schicksalsschlag um so empfindlicher zu treffen.

Gajus Julius Caesar (100-44 v. Chr.)

Friede ernährt, Unfriede verzehrt.

Sallust (86-35 v. Chr.)

Der Weise wird den Namen eines Wahnwitzigen erhalten, wenn er der Tugend über Gebühr nachstrebt.

HORAZ (65-8 v. Chr.)

Es ist nicht wenig Zeit, was wir haben, sondern es ist viel, was wir nicht nützen.

LUCIUS ANNAEUS SENECA (4 v.-65 n. Chr.)

Wir haben nicht zu wenig Zeit, sondern wir vergeuden zu viel. Das Leben ist lang genug und reicht auch zur Vollendung der größten Aufgaben aus, wenn es im Ganzen recht angewendet wird. Lassen wir aber das Leben in Luxus und Nachlässigkeit sinnlos dahinfließen und setzen wir es für keine wertvolle Aufgabe ein, dann spüren wir erst unter dem Zwange der letzten Notwendigkeit, dass es vorübergegangen ist, während wir den Ablauf selbst nicht bemerkten.

LUCIUS ANNAEUS SENECA

Nicht wer weniger hat, sondern viel wünscht ist arm.

LUCIUS ANNAEUS SENECA

Wollen wir doch nachsichtig gegeneinander sein, lasst uns miteinander übereinkommen, es gegenseitig nicht zu genau zu nehmen; das wird uns Ruhe verschaffen.

LUCIUS ANNAEUS SENECA

Anklagen ist in demselben Maße leichter als verteidigen, wie es leichter ist, Wunden beizubringen als zu heilen.

QUINTILIAN (30-96)

Nicht alles zu können, ist keineswegs schädlich. Allein solche Dinge auf sich nehmen, zu denen man weder Kräfte noch Geschicklichkeit hat, und sich mit Gewalt dazu zu drängen, ist schändlich und bringt obendrein großen Verdruss.

PLUTARCH (46-125)

Es ist sicher eine schöne Sache, aus gutem Haus zu sein. Aber das Verdienst gebührt den Vorfahren.

PLUTARCH

Der Wein ist unter den Getränken das nützlichste,
unter den Arzneien das schmackhafteste,
unter den Nahrungsmitteln das angenehmste.

PLUTARCH

Habe täglich den Tod vor Augen; das wird dich vor kleinlichen Gedanken und vor maßlosen Begierden bewahren.

EPIKTET (50-ca. 140)

Wie die Sonne nicht auf Lob und
Bitten wartet, um aufzugehen,
sondern eben leuchtet und
von der ganzen Welt begrüßt wird,
so darfst auch du weder Schicksal
noch Beifall brauchen,
um Gutes zu tun:
Dann wirst du wie die Sonne
geliebt werden.

EPIKTET

Nicht die Dinge selbst, sondern nur unsere Vorstellungen darüber machen uns glücklich oder unglücklich.

EPIKTET

Nur allzu oft verwirft unser verkehrter Sinn dasjenige als eine Lüge, was ihm doch nur unerhört, unersehen ist, oder was über das Ziel seiner Gedanken hinausreicht und er nicht erfassen kann.

LUCIUS APULEIUS (125-ca. 170)

Das Glück deines Lebens
hängt von der Beschaffenheit
deiner Gedanken ab.

MARC AUREL (121-180)

Von Natur gibt es weder Gutes noch Böses, sondern den Unterschied hat die menschliche Meinung gemacht.

SEXTUS EMPIRICUS (um 200 n. Chr.)

Augustinus

Lass dich das Zukünftige nicht anfechten! Du wirst, wenn es nötig ist, schon hinkommen, getragen von derselben Geisteskraft, die dich das Gegenwärtige beherrschen lässt.

Marc Aurel

Auf die Frage, was am notwendigsten zu erlernen sei, antwortete Antisthenes: das Schlechte zu verlernen.

Diogenes Laertius (im 3. Jh. n. Chr.)

Setze deine Hoffnung auf das Höchste, dort entzündet sich deine Liebe. Von dort erbitte Kraft, dort erwarte Lohn. Wenn wir uns gern mühen und freudig unseren Dienst verrichten, dann besitzen wir die Weite.

Augustinus (354-430)

Man gibt Almosen, um der Not abzuhelfen, aber nicht, um die Faulheit auf die Weide zu treiben.

AUGUSTINUS

Der Herr sagt nicht »Die da reich sind«, sondern »Die da reich werden wollen«. Die Begierde klagt er an, nicht die Besitztümer.

AUGUSTINUS

Wer schlägt den Löwen, wer den Riesen? Wer überwältigt jenen und wer diesen? Das kann jemand, der sich selbst beherrscht und seine körperlichen Kräfte nicht wild vergeudet, sondern in den sichern Hafen fester Selbstzucht hinüberrettet. Mit einem nur äußerlich angenommenen guten Benehmen und Taktgefühl kann man vor Fremden schon ein Weilchen brillieren; ebenso schnell aber nimmt der äußere Schein auch wieder ab und erlischt schließlich.

WALTHER VON DER VOGELWEIDE
(ca. 1165-ca. 1228)

Niemand kann mit Schlägen die Erziehung eines Kindes erzwingen. Den man zum ehrenwerten Menschen bilden kann, für den hat ein Wort dieselbe Wirkung wie ein Schlag.

WALTHER VON DER VOGELWEIDE

Selig, wer sich vor Untergebenen so demütig benimmt, wie wenn er vor seinen Oberen und Herren stünde.

Franz von Assisi (1182-1226)

Das Staunen ist eine Sehnsucht
nach Wissen.
Die Wahrheit sehen, heißt:
sie besitzen.
Jegliche Furcht rührt daher,
dass wir etwas wissen.

Thomas von Aquin (1225-1274)

Die Liebe ist das Wohlgefallen am Guten; das Gute ist der einzige Grund der Liebe. Lieben heißt: jemandem Gutes tun wollen.

Thomas von Aquin

Nun nehme ich an, ein Mensch hätte hundert Mark und verliere davon vierzig und behalte also sechzig. Will nun der Mensch allzeit an die vierzig denken, die er verloren hat, so bleibt er ohne Trost und voll Schmerz …
Wenn er sich aber zu den sechzig Mark hinwendet, die er noch hat, und den vierzig verlorenen den Rücken kehrte und sich nun die sechzig vorstellte und mit ihnen Gegenrede pflegte, würde er sicherlich Trost finden.

Meister Eckart (um 1260-1327/28)

Gott ist ein Gott der Gegenwart: Wie er dich findet, so nimmt er dich und lässt dich zu. Er fragt nicht, was du gewesen, sondern was du jetzt bist.

Meister Eckart

Hassen und Neiden
muss der Biedere leiden.
Es erhöht des Mannes Wert,
wenn der Hass sich auf ihn kehrt.

Gottfried von Strassburg
(gest. um 1210)

Der Mensch ist geschaffen und gestellt zwischen zwei Grenzpunkten: zwischen Zeit und Ewigkeit. Die Zeit sollte für uns nie mehr sein als ein Durchgang zu dem Ziel, und Ewigkeit sollte unsere Wohnung, unser Endziel sein.

Johannes Tauler (1300-1361)

Erforsche dein Gewissen genau, und du wirst finden, dass dein ganzes Wissen im Verhältnis zu dem, was du nicht weißt, dem kleinen, durch die Sonnenhitze ausgetrockneten Bächlein gleicht neben dem unendlichen Ozean.

Francesco Petrarca (1304-1374)

Sagen zu können, wie man liebt,
heißt wenig lieben.

Francesco Petrarca

Leonardo da Vinci

Das Band der Freundschaft verbindet enger als das des Blutes oder der Schwägerschaft; denn die Freunde haben wir, wie wir sie uns wählen, die Verwandten aber, wie das Glück sie uns gibt.

Giovanni Boccaccio (1313-1375)

Es ist leichter zu schweigen,
als sich im Reden zu mäßigen.

Thomas von Kempen (1379/80-1471)

Wer nicht übersehen und überhören kann, taugt nicht zum Regieren.

Kaiser Sigismund (1410-1437)

Kraft wird aus dem Zwang geboren und stirbt an der Freiheit.

Leonardo da Vinci (1452-1519)

Eitle Menschen sind selbst schuld, wenn die anderen sie zum Besten haben, ihnen schmeicheln und sie täuschen. Denn wenn sie gerne die Wahrheit hören, dann müssen sie denen mit Achtung begegnen, die ihnen die Wahrheit sagen, und denen kein Gehör schenken, die ihnen in falscher Weise schmeicheln.

THOMAS MORE (1478-1535)

Das Recht ist ein zeitlich Ding, das zuletzt aufhören muss; aber das Gewissen ist ein ewig Ding, das nimmermehr stirbt.

MARTIN LUTHER (1483-1546)

Niemand lasse den Glauben daran fahren, dass Gott durch ihn eine große Tat tun will. Du musst ohne alles Wanken und Zweifeln Gottes Willen über dich ins Auge fassen und fest glauben, dass er auch mit dir große Dinge tun will. Solcher Glaube ist lebendig, der dringt durch und ändert den ganzen Menschen. Solcher Glaube vermag alles.

MARTIN LUTHER

Wir müssen aber den Bereich der Dinge erweitern und wissen, dass die Welt und alles, was wir in ihrem Umkreis sehen und greifen, nur die eine Hälfte der Welt ist.

PARACELSUS (1493-1541)

Der Sieg soll nie ohne Übung der Barmherzigkeit sein.

KAISER KARL V. (1500-1558)

Es mag sein, dass wir durch das Wissen anderer gelehrter werden. Weiser werden wir nur durch uns selbst.

MICHEL DE MONTAIGNE (1533-1592)

Auch wenn wir den höchsten Thron der Welt einnehmen, wir sitzen doch auf unserem ...Gesäß.

MICHEL DE MONTAIGNE

Eine der Wirkungen der Furcht ist es, die Sinne zu verwirren und zu machen, dass uns die Dinge anders erscheinen, als sie sind.

MIGUEL DE CERVANTES (1547-1616)

Glückliche Verhältnisse lassen zumeist den Fehler, ungünstige aber die Tugenden der Menschen an den Tag kommen.

FRANCIS BACON (1561-1626)

Liebe ist ein Kobold; Liebe ist ein Teufel; es gibt keinen böseren Engel als die Liebe!

WILLIAM SHAKESPEARE (1564-1616)

Ein Zirkel nur im Wasser ist der Ruhm, der niemals aufhört, selbst sich zu erweitern, bis die Verbreitung ihn in Nichts zerstreut.

William Shakespeare

Kein Ding ist an sich gut oder schlimm. Erst das Denken macht es dazu.

William Shakespeare

Es gibt Bücher, die man bloß kosten, andere, die man verschlingen, andere endlich - aber es sind ihrer nur wenige - die man sozusagen kauen und verdauen muss.

Francis Bacon

Mut, Geist und Fortune sind notwendig für einen Regierenden, dass man, außer bei einem Glücksfall, kaum große Taten von demjenigen erwarten kann, dem dieser Gaben ganz fehlt.

Armand-Jean de Richelieu (1585-1642)

Die nur ganz langsam gehen, aber immer den rechten Weg verfolgen, können viel weiter kommen, als die welche laufen und auf Abwege geraten.

René Descartes (1596-1650)

Durch das Wort Recht ist nichts anderes bezeichnet als die Freiheit, die jeder hat, seine natürlichen Vermögen gemäß der rechten Vernunft zu gebrauchen.

THOMAS HOBBES (1588-1679)

Die Lektion, die man in diesem Leben lernen muss, ist: handeln, lieben, leiden.

JOHANNA FRANZISKA VON CHANTAL (1572-1641)

Ein schöner Rückzug ist ebenso viel wert als ein kühner Angriff.
Man bringt seine Taten,
wann ihrer genug,
wann ihrer viele sind, in Sicherheit.

BALTASAR GRACIÁN (1601-1658)

Es gibt keine Pflicht, die nicht der Heiterkeit bedürfte, um recht erfüllt zu werden.

JOHN MILTON (1608-1674)

Ein gutes Buch ist das kostbarste Lebensblut eines hervorragenden Geistes, einbalsamiert und absichtlich zu einem Leben über das Leben hinaus aufbewahrt.

JOHN MILTON

Wer ohne jede Narrheit lebt, ist nicht so weise, wie er glaubt.

FRANÇOIS DE LA ROCHEFOUCAULD (1613-1680)

Auf der höchsten Stufe der Freundschaft offenbaren wir dem Freunde nicht unsere Fehler, sondern die seinen.

François de la Rochefoucauld

Das beste Mittel, um getäuscht zu werden, ist, sich für schlauer zu halten als andere.

François de la Rochefoucauld

Erst sollte man an sich selbst den strengsten Maßstab legen, eh' man sich unterfängt, des anderen Tun zu wägen.

Jean Baptiste Molière (1622-1673)

Man muss die Tugend eines Menschen nicht bemessen nach seinen außergewöhnlichen, sondern nach seinen gewöhnlichen Handlungen.

Blaise Pascal (1623-1662)

Neue Meinungen sind immer verdächtig; und sie werden gewöhnlich aus keinem anderen Grunde bekämpft, außer dem, dass sie nicht schon allgemein bekannt sind.

John Locke (1632-1704)

Friede ist nicht die Abwesenheit von Krieg; Friede ist eine Tugend, eine Geisteshaltung, eine Neigung zu Güte, Vertrauen, Gerechtigkeit.

Baruch de Spinoza (1632-1677)

Für einen guten und edlen Menschen ist nicht nur die Liebe des Nächsten eine heilige Pflicht, sondern auch die Barmherzigkeit gegen die vernunftlosen Geschöpfe.

ISAAC NEWTON (1643-1727)

Man kann es auf zweierlei Art zu etwas bringen: durch eigenes Können oder durch die Dummheit der anderen.

JEAN DE LA BRUYÈRE (1645-1696)

Das Leben ist eine Tragödie für die, die fühlen, und eine Komödie für die, die denken.

JEAN DE LA BRUYÈRE

Man wirft den Menschen vor, die kennten ihre eigenen Schwächen nicht. Es gibt vielleicht ebenso wenige, die ihre eigene Stärke kennen. Mit den Menschen ist es wie mit den Grundstücken. Manchmal ist eine Goldader darin, und der Besitzer weiß von nichts.

JONATHAN SWIFT (1667-1745)

Das Auge eines Kritikers ist oft wie ein Mikroskop, so gar fein und krittlich gebaut, dass es die Atome, Körnchen und kleinste Partikel entdeckt, ohne jemals das Ganze zu begreifen.

JONATHAN SWIFT

Voltaire und Friedrich der Grosse im Garten von Sansouci

Die Freiheit ist das Recht, alles zu tun, was die Gesetze erlauben.

Charles de Montesquieu (1689-1755)

Zufall ist ein Wort ohne Sinn; nichts kann ohne Ursache existieren.

Voltaire (1694-1778)

Ein jeder hat einen geschickten Zensor nötig, der treu ist und es versteht, uns von unserem Unrecht oder unseren Verkehrtheiten zu überzeugen.

Friedrich der Grosse (1712-1786)

Wenige Menschen denken, und doch wollen alle entscheiden.

Friedrich der Grosse

Vorsicht ist die Einstellung, die das Leben sicher macht, aber selten glücklich.

Samuel Johnson (1709-1784)

Das Geld, das man besitzt, ist das Mittel zur Freiheit, dasjenige, dem man nachjagt, das Mittel zur Knechtschaft.

Jean-Jacques Rousseau (1712-1778)

Man muss mit Feuer entwerfen
und mit Phlegma ausführen.

Johann Winckelmann (1717-1768)

Es gibt nichts Praktischeres als eine gute Theorie.

Immanuel Kant (1724-1804)

Es ist nur eine wahre Religion, aber es kann vielerlei Arten des Glaubens geben.

Immanuel Kant

Die Religion ist das letzte Ziel, wohin all unsere Gedanken und Handlungen gehen müssen.

Friedrich Gottlieb Klopstock (1724-1803)

Erziehen heißt, natürliche Anlagen entwickeln.

FERNANDO GALIANI (1728-1787)

Wie es Leute gibt, die Bücher wirklich studieren, und andere, die sie nur durchblättern, gibt es Reisende, die es mit Ländern ebenso machen:
Sie studieren sie nicht,
sondern blättern sie nur durch.

FERNANDO GALIANI

Der Endzweck der Wissenschaft ist: Wahrheit; der Endzweck der Künste hingegen ist: Vergnügen.

GOTTHOLD EPHRAIM LESSING (1729-1781)

Der Langsamste, der sein Ziel nur nicht aus den Augen verliert, geht immer noch geschwinder als der, der ohne Ziel herumirrt.

GOTTHOLD EPHRAIM LESSING

Was Gewalt heißt, ist nichts - Verführung ist die wahre Gewalt.

GOTTHOLD EPHRAIM LESSING

Wahrhaft ist nur der Mensch, der nicht lügt, nicht wer die Wahrheit sagt.

KARL JOSEPH VON LIGNE (1735-1814)

Gebildet ist, wer Parallelen sieht, wo andere völlig Neues erblicken.

ANTON GRAFF (1736-1813)

Die Freiheit besteht darin, dass man alles tun kann, was einem anderen nicht schadet.

MATTHIAS CLAUDIUS (1740-1815)

Der verlorenste aller Tage ist der, an dem man nicht gelacht hat.

NICOLAS DE CHAMFORT (1741-1794)

Wenn ein Kopf und ein Buch zusammenstoßen und es klingt hohl, ist denn das allemal im Buche?

GEORG CHRISTOPH LICHTENBERG (1742-1799)

Es ist fast unmöglich, die Fackel der Wahrheit durch ein Gedränge zu tragen, ohne jemandem dem Bart zu sengen.

GEORG CHRISTOPH LICHTENBERG

Sei ein Mann, dich zu ehren; und sei ein Mensch, dich zu lieben; keine Größe besteht, die nicht auf Menschheit erbaut.

CHARLOTTE VON STEIN (1742-1827)

Goethe mit Familie

Das höchste Glück ist das, welches unsere Mängel verbessert und unsere Fehler ausgleicht.

Johann Wolfgang von Goethe
(1749-1832)

Man sollte alle Tage wenigstens ein kleines Lied hören, ein gutes Gedicht lesen, ein treffliches Gemälde sehen und, wenn es möglich zu machen wäre, einige vernünftige Worte sprechen.

Johann Wolfgang von Goethe

Der Glaube ist Liebe.
Und wo Liebe ist,
da hat Gott sein Heiligtum.

Johann Heinrich Pestalozzi
(1746-1827)

Liebe ist etwas Ideelles, Heiraten etwas Reelles, und nie verwechselt man ungestraft das Ideelle mit dem Reellen. Solch ein wichtiger Lebensschritt will allseitig überlegt sein und längere Zeit hindurch, ob auch alle individuellen Beziehungen, wenigstens die meisten, zusammenpassen.

Johann Wolfgang von Goethe

Die Kunst des Umgangs mit Menschen besteht darin, sich geltend zu machen, ohne andere unerlaubt zurückzudrängen.

Adolf von Knigge (1752-1796)

Man braucht den Appetit des Armen, um das Vermögen des Reichen zu genießen.

Antoine de Rivarol (1753-1801)

Die Leidenschaften, heftig oder nicht, müssen niemals bis zum Ekel ausgedrückt sein, und die Musik auch in der schaudervollsten Lage niemals das Ohr beleidigen, sondern doch dabei vergnügen, folglich allzeit Musik bleiben.

Wolfgang Amadeus Mozart (1756-1791)

Der Tod ist der Beginn der Unsterblichkeit.

Maximilien de Robespierre (1758-1794)

Lebe mit deinem Jahrhundert,
aber sei nicht sein Geschöpf:
leiste deinen Zeitgenossen,
aber was sie bedürfen,
nicht was sie loben.

FRIEDRICH VON SCHILLER (1759-1805)

Groß ist, wer das Furchtbare
überwindet,
Erhaben ist, wer es, auch selbst
erliegend, nicht fürchtet.
Groß kann man sich im Glück, erhaben
nur im Unglück zeigen.

FRIEDRICH VON SCHILLER

Wohl dem, der gelernt hat, zu
ertragen, was er nicht ändern kann,
und preiszugeben mit Würde, was er
nicht retten kann.

FRIEDRICH VON SCHILLER

Begeistere das menschliche
Geschlecht erst für seine Pflicht,
dann für sein Recht!

AUGUST GNEISENAU (1760-1831)

Solange es noch Verstand und
Dummheit, Güte und Bosheit, Stärke
und Schwäche in der Welt gibt,
so lange werden die Menschen
sich nicht gleich sein.

AUGUST VON KOTZEBUE (1761-1819)

An meinem Leben und meinen
Schicksalen liegt nichts.
An den Wirkungen meines Lebens
liegt unendlich viel.

JOHANN GOTTLIEB FICHTE (1762-1814)

Gegen das Fehlschlagen eines Planes gibt es keinen besseren Trost, als auf der Stelle einen neuen zu machen oder bereitzuhalten.

JEAN PAUL (1763-1825)

Niemand wird in der Welt so oft betrogen - nicht einmal die Weiber und die Fürsten - als das Gewissen.

JEAN PAUL

Die Armut und die Hoffnung sind Mutter und Tochter. Indem man sich mit der Tochter unterhält, vergisst man die andere.

JEAN PAUL

Wenn heute jemand bekennt, dass er sich gestern geirrt hat, so heißt das so viel, dass er heute weiser ist, als er gestern war. Dies sollte billig den Widerwillen mildern, den wir gegen Entschuldigungen und Abbitten haben.

JOHANN GOTTFRIED SEUME (1763-1810)

Die Stimme des Gewissens ist so leise, dass man sie nicht sofort hört. Aber sie ist laut genug, dass man sie nicht überhören kann.

ANNA LOUISE GERMAINE VON STAËL-HOLSTEIN (1766-1817)

Die Liebe ist ein Kind der Ewigkeit. Sie verwischt die Erinnerungen an den Anfang und nimmt die Angst vor dem Ende.

ANNA LOUISE GERMAINE VON STAËL-HOLSTEIN

Die Dinge der Welt sind in ewigem Steigen und Fallen und in unaufhörlichem Wechsel, und dieser Wechsel muss Gottes Wille sein, da er weder der Macht noch der Weisheit die Kraft verliehen hat, ihn aufzuhalten und ihn zum Stillstand zu bringen. Die große Lehre ist auch hier, dass man seine Kräfte in solchen Zeiten doppelt anstrengen muss, um seine Pflichten zu erfüllen und das Rechte zu tun, dass man aber für sein Glück und seine innere Ruhe andre Dinge suchen muss, die ewig unentreißbar sind.

WILHELM VON HUMBOLDT (1767-1835)

Das ist des Menschen Ruhm:
Zu wissen, dass unendlich sein Ziel ist,
und doch nie stillzustehn im Lauf.

FRIEDRICH SCHLEIERMACHER (1768-1834)

Sorge nicht um das, was kommen wird. Weine nicht um das, was vergeht. Aber sorge, dich nicht selbst zu verlieren, und weine, wenn du dahintreibst im Strom der Zeit, ohne den Himmel in dir zu tragen.

FRIEDRICH SCHLEIERMACHER

Hast du Verstand und ein Herz,
so zeige nur eines von beiden!
Beides verdammen sie dir,
zeigest du beides zugleich.

FRIEDRICH HÖLDERLIN (1770-1843)

Immer noch haben die die Welt zur Hölle gemacht, die vorgeben, sie zum Paradies zu machen.

FRIEDRICH HÖLDERLIN

Die Kunst ist der Übergang aus der Natur zur Bildung und aus der Bildung zur Natur.

FRIEDRICH HÖLDERLIN

Die Erziehung hat den Zweck, den Menschen zu einem selbstständigen Wesen zu machen, d. h. zu einem Wesen von freiem Willen.

GEORG WILHELM FRIEDRICH HEGEL (1770-1831)

Die Glückseligkeit ist die verworrene Vorstellung der Befriedigung aller Triebe.

GEORG WILHELM FRIEDRICH HEGEL

Wenn man lieben könnte, was man
wollte, so könnte man sich ja immer
glücklich machen! Die verkehrtesten
Forderungen werden gemacht:
bloß weil sie nicht gestehen wollen,
dass sich die Freiheit in den höchsten
Zwang gerettet hat. Der gefesselte
Wille allein ist frei:
da ist man frei: das ist die Festung
vom lieben Gott gebaut.

RAHEL VARNHAGEN VON ENSE
(1771-1833)

Es gibt einen freien Weg, bis nach
dem gefesselten Willen - Wollen -
zu gelangen; den der Vernunft,
wo man wahr sein muss: und anstatt
den anzutreten, nennen sie den
Willen sei.

RAHEL VARNHAGEN VON ENSE

Wir hätten uns brauchbar für uns
selbst gemacht, wenn wir über das,
was rohe Sache in uns ist, einen
uneingeschränkten Willen hätten; und
das, was Willen ist, zur unbiegsamen
Sache machten.
Der Mensch muss sich zur Wand,
zu etwas Undurchdringlichem,
ganz nach seiner Willkür
machen können, damit er
mit den Sachen und mit den
Menschen, die sich als Sachen
aufwerfen, kämpfen kann.

RAHEL VARNHAGEN VON ENSE

NOVALIS

Leben ist Anfang des Todes. Das Leben ist um des Todes willen. Der Tod ist Endigung und Anfang zugleich. Scheidung und nähere Selbstverbindung zugleich. Durch den Tod wird die Reduktion vollendet.

NOVALIS (1772-1801)

Kraft ist die Materie der Stoffe.
Seele ist die Kraft der Kräfte.
Geist ist die Seele der Seelen.
Gott ist der Geist der Geister.

NOVALIS

Geduld ist zweierlei:
ruhige Ertragung des Mangels,
ruhige Ertragung des Übermaßes.
Die echte Geduld
zeugt von großer Elastizität.

NOVALIS

Die Musik schließt dem Menschen
ein unbekanntes Reich auf,
eine Welt, die nichts gemein hat
mit der äußeren Sinneswelt,
die ihn umgibt und in der er alle
bestimmten Gefühle zurücklässt,
um sich einer unaussprechlichen
Sehnsucht hinzugeben.

E.T.A. Hoffmann (1776-1822)

Lebenserfahrungen des Jünglings:
Auflehnen. Wer das nicht kann,
nicht frühzeitig unternimmt,
wird allemalen ein Gegängelter
bleiben. Nur in der Auflehnung
finden wir uns selbst.

E.T.A. Hoffmann

Es kann kein böser Geist sein, der an
der Spitze der Welt steht; es ist ein bloß
unbegriffener.

Heinrich von Kleist (1777-1811)

Frauen stünde Gelehrtsein nicht? Die
Wahrheit zu sagen, es steht Männern
so wenig wie Frauen.

Heinrich von Kleist

Die Liebe allein versteht das
Geheimnis, andere zu beschenken und
dabei selbst reich zu werden.

Clemens von Brentano (1778-1842)

Halbe Maßnahmen entstehen aus dem Wunsch, sich zwei Wege offen zu halten.

Carl von Clausewitz (1780-1831)

Es gibt Leute, die den schönsten Blick des Geistes für die schwierigsten Aufgaben besitzen, denen es auch nicht an Mut fehlt, vieles auf sich zu nehmen, und die in schwierigen Fällen doch nicht zum Entschluss kommen können. Ihr Mut und ihre Einsicht stehen jedes für sich, bieten sich nicht die Hand und bringen darum nicht die Entschlossenheit als ein Drittes hervor. Diese entsteht erst durch den Akt des Verstandes, der die Notwendigkeit des Wagens zum Bewusstsein bringt.

Carl von Clausewitz

Was ist die Schönheit anderes als eine Quelle der Lust? Das Lustgefühl ist individuell verschieden und bei verschiedenen Menschen geradezu entgegengesetzt; daher erklärt es sich, dass einer etwas für schön hält, was dem anderes hässlich vorkommt.

Stendhal (1783-1842)

Die Liebe ist eine köstliche Blume, aber man muss den Mut haben, sie am grausigen Rand eines Abgrunds zu pflücken.

Stendhal

Bettina von Arnim

Ein Verstand, der die Füße in einem Sack von Vorurteilen stecken hat, der kann nicht nach dem Ziel laufen.

Bettina von Arnim (1785-1859)

Der Leichtsinn ist ein Schwimmgürtel für den Strom des Lebens.

Ludwig Börne (1786-1837)

Wer in der wirklichen Welt arbeiten kann und in der idealen leben, der hat das Höchste erreicht.

Ludwig Börne

Der Umstand, dass wir Feinde haben, beweist klar genug, dass wir Verdienste besitzen.

Ludwig Börne

Im Sommer such ein Liebchen dir
In Garten und Gefild!
Da sind die Tage lang genug,
Da sind die Nächte mild.

Im Winter muss der süße Bund
Schon fest geschlossen sein,
So darfst nicht lange stehn
im Schnee,
Bei kaltem Mondenschein.

Ludwig Uhland (1787-1862)

Das Genie verhält sich zur bloßen Gelehrsamkeit wie der Text zu den Noten. Ein Gelehrter ist, wer viel gelernt hat; ein Genie der, von dem die Menschheit lernt, was er von keinem gelernt hat.

Arthur Schopenhauer (1788-1860)

Wer klug ist, wird im Gespräch weniger an das denken, worüber er spricht, als an den, mit dem er spricht. Sobald er dies tut, ist er sicher, nichts zu sagen, das er nachher bereut.

Arthur Schopenhauer

Neid ist dem Menschen natürlich: Dennoch ist er ein Laster und Unglück zugleich. Wir sollen ihn daher als den Feind unseres Glücks betrachten und ihn als einen bösen Dämon zu ersticken suchen. Denn kein Hass ist so unversöhnlich wie der Neid.

Arthur Schopenhauer

Einem bei Lebzeiten ein Monument setzen, heißt die Erklärung ablegen, dass hinsichtlich seiner der Nachwelt nicht zu trauen sei.

Arthur Schopenhauer

Die Heiterkeit allein ist gleichsam die bare Münze des Glückes und nicht, wie alles andere, bloß der Bankzettel; weil nur sie unmittelbar in der Gegenwart beglückt.

ARTHUR SCHOPENHAUER

Gerade in Kleinigkeiten, bei welchen der Mensch sich nicht zusammennimmt, zeigt er seinen Charakter, und da kann man oft in geringfügigen Handlungen, an bloßen Manieren, den grenzenlosen, nicht die mindeste Rücksicht auf andere kennenden Egoismus bequem beobachten, der sich nachher im Großen nicht verleugnet, wiewohl entlarvt.

ARTHUR SCHOPENHAUER

Dass uns der Anblick der Tiere so ergötzt, beruht hauptsächlich darauf, dass es uns freut, unser eigenes Wesen so vereinfacht vor uns zu sehen.

ARTHUR SCHOPENHAUER

Wie Fackeln und Feuerwerk von der Sonne blass und unscheinbar werden, so wird Geist, ja Genie, und ebenfalls die Schönheit überstrahlt und verdunkelt von der Güte des Herzens.

ARTHUR SCHOPENHAUER

Ein Mensch ohne Geschichte ist ein Mensch ohne Gedächtnis; weder kennt er seine Herkunft, noch vermag er seine Zukunft zu antizipieren.

ARTHUR SCHOPENHAUER

Höflichkeit ist Klugheit; folglich ist Unhöflichkeit Dummheit: sich mittels ihrer unnötiger- und mutwilligerweise Feinde machen ist Raserei, wie wenn man sein Haus in Brand steckt.

ARTHUR SCHOPENHAUER

Die Gesellschaft ist eine verfeinerte Horde, die sich aus zwei mächtigen Stämmen zusammensetzt: den Langweiligen und den Gelangweilten.

LORD GEORGE BYRON (1788-1824)

Das menschliche Gewissen ist das Orakel Gottes.

LORD GEORGE BYRON

Es ist gleich willkürlich, ob man den Leuten sagt: Ihr sollt nicht frei sein, oder: Ihr sollt und müsst gerade auf diese und keine andere Weise frei sein.

JOSEPH VON EICHENDORFF (1788-1857)

Mit Unvollkommenheit zu ringen,
ist das Los des Menschen,
ist sein Wert,
und nicht sein Mangel bloß.
Was unvollkommen ist,
das soll vollkommen werden;
denn nur zum Werden,
nicht zum Sein sind wir auf Erden.

FRIEDRICH RÜCKERT (1788-1866)

Wer ist beglückt? Wer's wähnt. Wer
unbeglückt? Wer's glaubt.
Vom Glauben wird die Welt geschenkt
dir und geraubt.
Wenn er den Starken lähmt, und wenn
er stärkt den Schwachen,
wird er zum König den, zum Bettler
jenen machen.

FRIEDRICH RÜCKERT

Geh unempfindlich nicht und
ungerührt vorbei
vorm Schönen dieser Welt, als ob's
nicht Gottes sei.
Die Erde dienet ihm, und ist ihm
unzulänglich;
denn ihm allein ist nicht der Himmel
unzugänglich.
Er tritt mit Zuversicht vor Gottes
Angesicht,
und weiß gewiss, dass er bestehen wird
im Gericht.

FRIEDRICH RÜCKERT

Nur was den Ton angibt, in dem du
bist gestimmt,
ist, was den Weg durchs Ohr zu
deinem Innern nimmt.
Das Überschwängliche rührt nicht und
lehrt dich nicht,
weil gleiche Schwingung dir und
gleicher Schwung gebricht.

FRIEDRICH RÜCKERT

Sie haben ihr Vertrauen auf dich
gesetzt, und baun
auf dich; so setze du auf Gott auch dein
Vertraun.
Wie sie vertrauensvoll auf dich schaun
als Berater,
so schau' im doppelten Vertraun auf
deinen Vater.
Und darum schon allein wird er dich
nicht verlassen,
dass nicht verlassen sein'n, die sich auf
dich verlassen.

FRIEDRICH RÜCKERT

Bescheiden ist, wer sich bescheidet,
wer bescheiden
sich lässt, und Grenzen ehrt, die ihn
von anderen scheiden.
Bescheiden seid ihr, wenn ihr annehmt
den Bescheid,
dass ihr, was ihr vielleicht einst werdet,
noch nicht seid.

FRIEDRICH RÜCKERT

Die Gegenwart wird für den Menschen nicht genussreich durch ruhigen Besitz des Erworbenen, sondern durch das Streben nach höheren Zielen.

Adolf Diesterweg (1790-1866)

Die Rache ist ein Erbteil schwacher Seelen.

Theodor Körner (1791-1813)

Die Irreligiösen sind religiöser, als sie selbst wissen, und die Religiösen sind es weniger, als sie meinen.

Franz Grillparzer (1791-1872)

Eine frohe Hoffnung ist mehr wert als zehn trockene Wirklichkeiten.

Franz Grillparzer

Auf die Hände küsst die Achtung, Freundschaft auf die offne Stirn, auf die Wange Wohlgefallen, selge Liebe auf den Mund; aufs geschlossne Aug die Sehnsucht, in die hohle Hand Verlangen, Arm und Nacken die Begierde; übrall sonst hin Raserei!

Franz Grillparzer

Die Empfindungen sind die Vokale, die Gedanken die Konsonanten der Sprache des Innern.

Franz Grillparzer

Ein guter, edler Mensch, der mit uns gelebt, kann uns nicht genommen werden; er lässt eine leuchtende Spur zurück gleich jenen erloschenen Sternen, deren Bild noch nach Jahrhunderten die Erdbewohner sehen.

THOMAS CARLYLE (1795-1881)

Zwischen Gelingen und Misslingen, in Streit, Anstrengung und Sieg bildet sich der Charakter.

LEOPOLD VON RANKE (1795-1886)

Bemerke, höre, schweige, urteile wenig, frage viel.

AUGUST GRAF VON PLATEN (1796-1835)

Die Tugend großer Seelen ist Gerechtigkeit.

AUGUST GRAF VON PLATEN

Ein Spiegel ist besser als eine Reihe Ahnenbilder.

WOLFGANG MENZEL (1798-1873)

Die Liebe ist der einzige Weg, auf dem selbst die Dummen zu einer gewissen Größe gelangen.

HONORÉ DE BALZAC (1799-1850)

Das soziale Dreieck wird gebildet durch Kunst, Wissenschaft und Geld.

HONORÉ DE BALZAC

Das Fehlen großer Laster ist die kleine Tugend vieler Leute.

Jean Petit Senn (1800-1861)

Dem schönsten Antlitz fehlt zur höchsten Zierde oft nur ein Blattergrübchen, eine Narbe.

Christian Friedrich Grabbe (1801-1836)

Freundlichkeit gegen jedermann ist die erste Lebensregel, die uns manchen Kummer ersparen kann.

Helmuth Graf von Moltke (1800-1891)

Das Glück ist eine leichtfertige Person, die sich stark schminkt und von ferne schön ist.

Johann Nepomuk Nestroy (1801-1862)

Die Zensur ist die jüngere von zwei schändlichen Schwestern, die ältere heißt Inquisition.

Johann Nepomuk Nestroy

Das höchste Glück des Lebens besteht in der Überzeugung, geliebt zu sein.

Victor Hugo (1802-1885)

Das Gewissen des Menschen ist das Denken Gottes.

Victor Hugo

Je mehr sich unsere Bekanntschaft mit guten Büchern vergrößert, desto geringer wird der Kreis von Menschen, an deren Umgang wir Geschmack finden.

LUDWIG FEUERBACH (1804-1872)

Unser Leben heißt Liebe, und nicht mehr lieben heißt nicht mehr leben.

GEORGE SAND (1804-1876)

Vielleicht misst Gott unsere Schmerzen und unsere Arbeiten an den Kräften unserer Jugend, und vielleicht ist eine Zeit dafür bestimmt, sich von den Anstrengungen der Vergangenheit auszuruhen und sie zu genießen.

GEORGE SAND

Das Leben eines jeden Menschen ist ein von Gotteshand geschriebenes Märchen.

HANS CHRISTIAN ANDERSEN (1805-1875)

Die Kunst ist die irdische Schwester der Religion, die uns auch heiligt, und wenn wir ein Herz haben, sie zu vernehmen, dann werden wir erhoben und beseligt.

ADALBERT STIFTER (1805-1868)

Das Große geschieht so schlicht wie das Rieseln des Wassers, das Fließen der Luft, das Wachsen des Getreides. Darum ist irgendeine Heldentat unendlich leichter und auch öfter da als ein ganzes Leben voll Selbstbezwingung und unscheinbarem Reichtum oder als ein freudiges Sterben.

Adalbert Stifter

Große Künstler sind die einzigen Reichen, welche ihr ganzes Glück mit uns teilen.

August Pauly (1796-1845)

Der Reichtum besteht nicht im Besitz von Schätzen, sondern in der Anwendung, die man von ihnen zu machen versteht.

Napoleon I. (1769-1821)

Der Gedanke ist die unsichtbare Natur, die Natur der unsichtbare Gedanke.

Heinrich Heine (1797-1856)

Das Leben ist eine Krankheit, die ganze Welt ein Lazarett, und der Tod ist unser Arzt.

Heinrich Heine

Das Genie trägt im Geiste ein Abbild der Natur, und durch diese erinnert, gebiert es dies Abbild; das Talent bildet die Natur nach und schafft analytisch, was das Genie synthetisch schafft. Es gibt aber auch Charaktere, welche zwischen beiden schweben.

HEINRICH HEINE

Die Werke des Geistes sind ewig feststehend, aber die Kritik ist etwas Wandelbares. Sie geht hervor aus den Ansichten der Zeit.

HEINRICH HEINE

Die Herrlichkeit der Welt ist immer adäquat der Herrlichkeit des Geistes, der sie betrachtet. Der Gute findet hier sein Paradies, der Schlechte genießt schon hier seine Hölle.

HEINRICH HEINE

Wer nicht so weit geht, wie sein Gefühl ihn treibt und sein Verstand ihm erlaubt, ist eine Memme, wer weiter geht, ist ein Dummkopf.

HEINRICH HEINE

Ich glaube an den Fortschritt.
Ich glaube, die Menschheit ist zur Glückseligkeit bestimmt.

HEINRICH HEINE

Wer Freude hat am Klagen,
wird immer was zum Klagen finden.

JEREMIAS GOTTHELF (1797-1854)

Denn wer nach seiner
Überzeugung handelt,
und sei sie noch so mangelhaft,
kann nie ganz zugrunde gehen,
wogegen nichts seelentötender
wirkt als gegen das innere
Rechtsgefühl das äußere Recht in
Anspruch zu nehmen.

ANNETTE VON DROSTE-HÜLSHOFF
(1797-1848)

Liebe: das seltsam unergründliche Gefühl, im Anfang so zaghaft, dass es sich in jeder Falte der Seele verkriechen will und dann so riesenhaft, dass es Vater und Mutter und alles besiegt und verlässt, um dem Gatten anzuhangen - es ist ein Gefühl, das Gott nur an dem Menschen, an seinem vernünftigen Freunde, so schön gemacht hat, weil er seiner zermalmenden Urgewalt ein zartes Gegengewicht anhängt - ein zartes, aber unzerreißbares - die Scham.

ADALBERT STIFTER (1805-1868)

Zuletzt ist Aberglaube schöner,
heiliger, kräftiger als jene sieche
Kraftlosigkeit des Indifferentismus,
der bei den Worten Gott,
Unsterblichkeit, Ewigkeit nichts denkt
und sie nur als Redeform
im Munde führt.

ADALBERT STIFTER

Eine Nation, die von ihrer Regierung nichts weiter verlangt als die Erhaltung der Ordnung, ist schon versklavt im Grunde ihres Herzens. Sie ist der Sklave ihres Wohllebens, und der Mann, der sie in Ketten legt, kann auftreten.

ALEXIS DE TOCQUEVILLE (1805-1859)

Man sollte den Umgang solcher Menschen suchen, denen gegenüber man sich zusammennehmen muss.

ERNST FREIHERR VON FEUCHTERSLEBEN (1806-1849)

Es wird so viel über Musik gesprochen und so wenig gesagt. Ich glaube überhaupt, die Worte reichen nicht hin zu, und fände ich, dass sie hinreichten, so würde ich am Ende keine Musik mehr machen.

FELIX MENDELSSOHN-BARTHOLDY (1809-1847)

Wenn ich mein Leben noch einmal zu leben hätte, so würde ich mir zur Regel machen, wenigstens alle Woche einmal etwas Poetisches zu lesen oder etwas gute Musik anzuhören. Denn vielleicht wären dann die verkrümmten Teile meines Gehirns durch Gebrauch tätig geblieben.

CHARLES DARWIN (1809-1882)

Oh, es gibt Lügen, auf denen der Mensch wie mit glänzenden Schwingen zum Himmel aufsteigt. Und es gibt Wahrheiten, kalte, verletzende Wahrheiten, worin eure gebildeten Weltlinge sehr gewandt und pünktlich sind, welche den Menschen wie mit bleiernen Fesseln an die Erde ketten.

CHARLES DICKENS (1812-1870)

Die Ehre verpflichtet zur Sittlichkeit, der Ruhm noch mehr, die Macht am meisten.

BERTHOLD AUERBACH (1812-1882)

Das Unglück ist der Prüfstein des Charakters.

SAMUEL SMILES (1812-1904)

Die Tonsprache ist Anfang und Ende der Wortsprache, wie das Gefühl Anfang und Ende des Verstandes, der Mythos Anfang und Ende der Geschichte, die Lyrik Anfang und Ende der Dichtkunst ist.

RICHARD WAGNER (1813-1883)

Die einzige Form der Musik ist die Melodie. Ohne Melodie ist die Musik gar nicht denkbar.

RICHARD WAGNER

Es gehört oft mehr Mut dazu, seine Meinung zu ändern, als ihr treu zu bleiben.

Friedrich Hebbel (1813-1863)

Der Jugend wird oft der Vorwurf gemacht, sie glaube immer, dass die Welt mit ihr erst anfange. Wahr. Aber das Alter glaubt noch öfter, dass mit ihm die Welt aufhöre. Was ist schlimmer.

Friedrich Hebbel

Mancher glaubt schon darum höflich zu sein, weil er sich überhaupt noch der Worte und nicht der Fäuste bedient.

Friedrich Hebbel

Eine Welt, worin ein Hund auch nur ein einziges Mal Prügel bekommen kann, ohne sie verdient zu haben, kann keine vollkommene Welt sein.

Friedrich Hebbel

Die Kunst ist das Gewissen der Menschheit.

Friedrich Hebbel

»Das Glück ist blind«, heißt es. Aber diejenigen, die hinter ihm herlaufen, sind auch blind. So ist Fortuna denn die Blinde unter den Blinden.

Friedrich Hebbel

Es ist im Ganzen nicht zu glauben, wie schlau und erfinderisch die Menschen sind, um Entscheidungen aus dem Weg zu gehen.

SÖREN KIERKEGAARD (1813-1855)

Die Ehe ist und bleibt die wichtigste Entdeckungsreise, die der Mensch unternehmen kann.

SÖREN KIERKEGAARD

Wer seinen Egoismus überwindet, der entledigt sich des bedeutendsten Hindernisses, welches jeder wahren Größe und jedem wahren Glücke den Weg verrammelt.

JOSEPH VON EÖTVÖS (1813-1871)

Es gibt keinen größeren Verschwender als den Geizhals. Er vergeudet sein Leben auf die Erwerbung dessen, was er weder genießen kann noch will.

JOSEPH VON EÖTVÖS

Was die Epoche besitzt,
das verkündigen hundert Talente,
aber der Genius bringt ahnend hervor,
was ihr fehlt.

EMANUEL GEIBEL (1815-1884)

Klug ist, wer stets zur rechten Stunde kommt, doch klüger, wer zu gehn weiß, wann es frommt.

EMANUEL GEIBEL

Ich kann die Achtung aller Menschen entbehren, nur meine eigene nicht. Meine Ehre steht in niemandes Hand als in meiner eigenen, und man kann mich damit nicht überhäufen; die eigene, die ich in meinem Herzen trage, genügt mir vollständig und niemand ist Richter darüber und kann entscheiden, ob ich sie habe.

OTTO VON BISMARCK (1815-1898)

Was der Mensch denkt und was der Mensch träumt, das gewinnt eine Gewalt über ihn; was einmal in die Seele gefallen, das wirkt lebendig darin fort, erhebend und treibend, herabziehend und zerstörend.

GUSTAV FREYTAG (1816-1895)

Je höher der Mensch steht, um so stärkere Schranken hat er nötig, welche die Willkür seines Wesens bändigen.

GUSTAV FREYTAG

Es ist die tiefste und herrlichste Wirkung der musischen Künste und vor allem der Poesie, dass sie die Schranken der bürgerlichen Gemeinden aufheben und aus den Stämmen ein Volk, aus den Völkern eine Welt erschaffen.

THEODOR MOMMSEN (1817-1903)

Der Charakter ist für den Menschen viel entscheidender als Reichtum des Geistes, welches eine meiner ältesten und stärksten Überzeugungen ist.

CARL JAKOB BURCKHARDT (1818-1887)

Die Wohltat des Staates besteht darin, dass er der Hort des Rechtes ist.

CARL JAKOB BURCKHARDT

Courage ist gut, Ausdauer ist besser.

THEODOR FONTANE (1819-1898)

Abschiedsworte müssen kurz sein wie Liebeserklärungen. Das Beste hält nicht lange vor und sträubt sich gegen Dauer: der erste Moment ist poetisch, der zweite kaum noch und der dritte gewiss nicht mehr. Und weil man das fühlt und ein schlechtes Gewissen hat, so wird man lügnerisch, und heuchelt und übertreibt.

THEODOR FONTANE

Leicht zu leben ohne Leichtsinn,
heiter zu sein ohne Ausgelassenheit,
Mut zu haben ohne Übermut,
Vertrauen und freudige Ergebung zu
zeigen ohne türkischen Fatalismus -
das ist die Kunst des Lebens.

THEODOR FONTANE

Alles Alte, soweit es Anspruch darauf hat, wollen wir lieben. Aber für das Neue sollen wir recht eigentlich leben.

THEODOR FONTANE

Das, was wir ein böses Gewissen nennen, ist immer ein gutes Gewissen. Es ist das Gute, was sich in uns erhebt und uns bei uns selber verklagt.

THEODOR FONTANE

Das Klassische, was sie jetzt verspotten, das ist das, was die Seele frei macht, das Kleinliche nicht kennt und das Christliche vorahnt.

THEODOR FONTANE

Wir bleiben nicht gut, wenn wir nicht immer besser zu werden trachten.

GOTTFRIED KELLER (1819-1890)

Die köstlichsten, ja die einzig festen Grundsätze sind die, welche man sich durch die eigene Erfahrung, durch eigene Überzeugung erworben hat. Mit welcher Sicherheit, mit welchem Glück wendet man nicht die eigenen Erfahrungen an, indem die fremden, wenn noch so lange gepredigten nur mechanisiert, ohne lebhaftes Begreifen befolgt werden.

GOTTFRIED KELLER

Was ist denn die Gleichheit anderes als die Verneinung aller Freiheit, alles Höheren und der Natur selbst? Die Gleichheit ist die Sklaverei.

GUSTAVE FLAUBERT (1821-1880)

Der Erfolg ist eine Folgeerscheinung, niemals darf es zum Ziel werden.

GUSTAVE FLAUBERT

Staunen ist der erste Schritt zu einer Erkenntnis.

LOUIS PASTEUR (1822-1895)

Die Erfahrung besteht darin, dass man erfährt, was man nicht zu erfahren wünscht.

KUNO FISCHER (1824-1907)

Die Tragödie der Wissenschaft - das Erschlagen einer schönen Hypothese durch eine hässliche Tatsache.

THOMAS HENRY HUXLEY (1825-1895)

Chemisch reines Wasser ist ungesund: chemisch reines Wissen ist tödlich. Wie zu Wasser der Sauerstoff der Luft, so muss zum Wissen die Persönlichkeit hinzutreten, um es verdaulich zu machen.

PAUL ANTON DE LAGARDE (1827-1891)

Je bequemer der Weg eines Mannes ist, desto weniger leistet er. Je schwerere Aufgaben einem Volke gestellt sind, auf eine desto höhere Stufe steigt das Volk.

Paul Anton de Lagarde

Bildung ist die Fähigkeit, Wesentliches vom Unwesentlichen zu unterscheiden und jenes ernst zu nehmen.

Paul Anton de Lagarde

Man hat das Recht, über das
Christentum hinauszugehen,
aber nicht das Recht,
hinter ihm zurückzubleiben.

Paul Anton de Lagarde

Der Weg zur Vollkommenheit
und zu jedem Fortschritt
ist fortwährende Selbstkritik.

Arnold Böcklin (1827-1901)

Nehmen Sie einem Durchschnittsmenschen die Lebenslüge, und Sie nehmen ihm zu gleicher Zeit das Glück.

Henrik Ibsen (1828-1906)

Der Geist der Wahrheit und der Geist der Freiheit sind die Pfeiler der Gesellschaft.

Henrik Ibsen

Dass du nicht kannst, wird dir vergeben, doch nimmermehr, dass du nicht willst.

Henrik Ibsen

Taktlosigkeit ist der lästigste und widerwärtigste der menschlichen Fehler; denn du kannst dich nicht verteidigen, nicht einmal durch Grobheit.

Anselm Feuerbach (1829-1880)

Wer für hohe Ideale lebt, muss vergessen, an sich selbst zu denken.

Anselm Feuerbach

Ein stolzer Mensch verlangt von sich das Außerordentliche.
Ein hochmütiger Mensch schreibt es sich zu.

Marie von Ebner-Eschenbach (1830-1916)

Dass alles vergeht, weiß man schon in der Jugend; aber wie schnell alles vergeht, erfährt man erst im Alter.

Marie von Ebner-Eschenbach

Die Herrschaft über den Augenblick
ist die Herrschaft über das Leben.

MARIE VON EBNER-ESCHENBACH

Es gibt Fälle, in denen vernünftig sein
feige sein heißt.

MARIE VON EBNER-ESCHENBACH

Furcht ist nichts weiter als eine etwas
prägnanter hervortretende Form der
Äußerung des Egoismus.

WILHELM RAABE (1831-1910)

Ach, das ist ein Leiden, dass die
Menschen nie den richtigen Zeitpunkt
finden können, um sich auf den Kopf
zu stellen! - Auf den Kopf muss sich
jeder von uns von Zeit zu Zeit stellen,
das haftet der Menschheit an, nur
machen die Vernünftigen es zu Hause
in ihrem Kämmerlein ab.

WILHELM RAABE

Es kommt immer ganz anders! Das ist
das wahrste Wort und im Grunde
zugleich auch der beste Trost, der dem
Menschen in seinem Erdenleben mit
auf den Weg gegeben worden ist.

WILHELM RAABE

Arbeiten und schaffen soll jeder nach seiner Art, denn darin liegt sein Heil; bauen soll er in sich und außer sich, und was ihm in der Seele, was ihm im Umkreis seines Seins von gegenwirkenden Kräften zerstört wurde, das soll er immer wieder von neuem geduldig aufrichten, denn darin liegt sein Glück.

WILHELM RAABE

Stets achtete ich die Gelassenheit für eines der höchsten Güter, welche der Mensch auf dieser Erde erringen kann; aber die Gelassenheit unter allen Umständen, die Gelassenheit jedem Wesen und Dinge gegenüber, die Gelassenheit in jeder Lage, sei sie bequem oder unbequem, drohend oder lächelnd, gute oder böse.

WILHELM RAABE

Die gute Unterhaltung besteht nicht darin, dass man selbst etwas Gescheites sagt, sondern dass man etwas Dummes anhören kann.

WILHELM BUSCH (1832-1908)

Dumme Gedanken hat jeder,
nur der Weise verschweigt sie.

WILHELM BUSCH

Was man ernst meint,
sagt man am besten im Spaß.

Wilhelm Busch

Ein Kunstwerk ist ein Stück Natur,
gesehen durch ein Temperament.

Emile Zola (1840-1902)

Die Kunst ist eine Harmonie parallel
zur Natur.

Paul Cézanne (1839-1906)

Wenn man sich wirklich davor hüten muss, in den überkommenen Formen zu erstarren, so darf man deshalb noch nicht aus Liebe zum Fortschritt sich völlig von den uns vorausgegangenen Jahrhunderten loslösen wollen.

Pierre Auguste Renoir (1841-1919)

Ungehorsam: ein Silberstreifen am
Horizont der Knechtschaft.

Ambrose Bierce (1842-1914)

Wenn du recht schwer betrübt bist, dass du meinst, kein Mensch auf der Welt könne dich trösten, so tue jemand was Gutes, und gleich wird's besser sein.

Peter Rosegger (1843-1918)

Um die Weltliteratur zu fassen, dafür ist kein Bibliotheksaal weit und kein Gelehrtenkopf groß genug. Von aller Spreu befreit, hätte sie aber bequem auf dem Rücken eines Esels Platz.

Peter Rosegger

Manches Vergnügen besteht darin, dass man mit Vergnügen darauf verzichtet.

Peter Rosegger

Der Mensch ist in seinem Dasein nur zweimal ein völlig Ganzes: Im gedankenlosen Genusse der Jugend und in der bedingungslosen Ergebung des Alters.

Peter Rosegger

Es gibt eine Bescheidenheit, die nur der Mantel des Hochmuts ist.

Carmen Sylva (1843-1916)

Das beste Mittel, jeden Tag gut zu beginnen, ist: beim Erwachen daran zu denken, ob man nicht wenigstens einem Menschen an diesem Tage eine Freude machen könne.

Friedrich Nietzsche (1844-1900)

Diejenigen, welche die Lunte in Händen haben, geben zum Glück acht. Sie wissen, dass - bei solchem Pulvervorrat - die Folgen schrecklich wären. Um diese wohltätige Vorsicht zu steigern, wird der Pulvervorrat immer mehr vergrößert. Wäre es nicht einfacher, freiwillig und übereinstimmend die Lunten wegzutun; mit anderen Worten: abzurüsten?

BERTHA VON SUTTNER (1843-1914)

Was ist Wollen! - Wir lachen über den, welcher aus seiner Kammer tritt in der Minute, da die Sonne aus der ihren tritt, und sagt: »Ich will, dass die Sonne aufgehe!«; und über den, welcher ein Rad nicht aufhalten kann und sagt: »Ich will, dass es rolle!«; und über den, welcher im Ringkampf niedergeworfen wird und sagt: »Hier liege ich, aber ich will hier liegen!« Aber, trotz allem Gelächter: machen wir es denn jemals anders als einer von diesen Dreien, wenn wir das Wort gebrauchen: »Ich will!«?

FRIEDRICH NIETZSCHE

Die Überzeugung ist der Glaube, in irgendeinem Punkt der Erkenntnis im Besitz der Wahrheit zu sein.

FRIEDRICH NIETZSCHE

Es gibt wohl hier und da auf Erden eine Art Fortsetzung der Liebe, bei der jenes habsüchtige Verlangen zweier Personen nach einander einer neuen Begierde und Habsucht einem gemeinsamen höheren Durste nach einem über ihnen stehenden Ideal gewichen ist; aber wer kennt diese Liebe? Wer hat sie erlebt? Ihr rechter Name ist Freundschaft.

FRIEDRICH NIETZSCHE

In dem großen Strudel von Kräften steht der Mensch und bildet sich ein, jener Strudel sei vernünftig und habe einen vernünftigen Zweck: Irrtum! Das einzige Vernünftige, was wir kennen, ist das bisschen Vernunft des Menschen. Er muss es sehr anstrengen, und es läuft immer zu seinem Verderben aus, wenn er sich etwa der »Vorsehung« überlassen wollte.

FRIEDRICH NIETZSCHE

Die Wissenschaft ist darauf aus, die Sklaverei der Natur herbeizuführen.

FRIEDRICH NIETZSCHE

Zwar hat der Glaube bisher noch keine wirklichen Berge versetzen können, obschon dies, ich weiß nicht wer, behauptet hat. Aber er vermag Berge dorthin zu setzen, wo keine sind.

FRIEDRICH NIETZSCHE

ANATOLE FRANCE

Von allen Definitionen über den Menschen ist die am schlechtesten, die ihn als vernunftbegabtes Tier bezeichnet.

ANATOLE FRANCE (1844-1924)

Unwissen ist die Vorbedingung, ich sage nicht zum Glück, sondern zum Leben selbst. Wenn wir alles wüssten, könnten wir das Leben nicht eine Stunde ertragen.

ANATOLE FRANCE

Was die Menschen Zivilisation nennen, ist der Zustand gegenwärtiger Sitten; was sie Barbarei nennen, das sind die Sitten der Vergangenheit.

ANATOLE FRANCE

Es liegt eben in der menschlichen Natur, vernünftig zu denken und unlogisch zu handeln.

ANATOLE FRANCE

Guy de Maupassant

Das Gesetz in seiner majestätischen Gleichheit verbietet den Reichen wie den Armen, unter den Brücken zu schlafen, auf den Straßen zu betteln und Brot zu stehlen.

Anatole France

Es ist nicht wahr, dass die menschliche Natur ursprünglich gut wäre und erst durch Korruption verdorben würde, sondern im Gegenteil:
Sie ist ursprünglich bestial, aber verbesserungs- und veredelungswürdig.

Carl Spitteler (1845-1924)

Erfahrung heißt reich werden durch Verlieren.

Ernst von Wildenbruch (1845-1909)

Patriotismus ist eine Art von Religion; er ist ein Ei, von dem Kriege ausgebrütet werden.

Guy de Maupassant (1850-1893)

Leider muss man, rasend lieben,
ohne dabei zu sehen, was man liebt.
Denn Sehen bedeutet Verstehen,
und Verstehen bedeutet Verachten.
Man muss so lieben,
dass man sich an der Liebe berauscht,
derart, dass man nicht mehr weiß,
was man trinkt.
Und trinken, trinken, trinken,
ohne Atem zu schöpfen,
Tag und Nacht

GUY DE MAUPASSANT

Wahrhaft großes Empfinden zeigt sich nicht darin, dass man sich ausschließlich mit großen Dingen beschäftigt, sondern dass man auch das Kleinste dem Großen anzugliedern weiß.

ISOLDE KURZ (1853-1944)

Klug sein heißt angewandte Seelenkunde betreiben. Wer einen anderen gar nicht zu behandeln versteht, der beweist, dass er in sein Wesen und seine Bedürfnisse keinen Einblick hat.

ISOLDE KURZ

Auf törichte Wünsche wartet zuweilen eine grausame Strafe: ihre Erfüllung.

ISOLDE KURZ

Sich selbst genießen, das ist in
Wahrheit das höchste Glück des
Weisen wie des Toren.

ISOLDE KURZ

Man lebt nur zweimal -
sagen die Narren.
Man lebt nur einmal -
sagen die Weisen.

PALACIO VALDÉS (1853-1938)

Egoismus heißt nicht leben,
wie man zu leben wünscht;
es heißt, von anderen verlangen,
dass sie so leben,
wie man es wünscht.

OSCAR WILDE (1856-1900)

Was ist Wahrheit?
In Sachen der Religion:
die Meinung, die überlebte Meinung.
In den Dingen der Wissenschaft:
die letzte Entdeckung. In der Kunst:
unsere letzte Stimmung.

OSCAR WILDE

Die Moral ist immer die letzte
Zuflucht der Leute, welche die
Schönheit nicht begreifen.

OSCAR WILDE

Es ist viel dunkler, wenn ein Stern erlischt, als es sein würde, wenn er nie gestrahlt hätte.

George Bernard Shaw (1856-1950)

Die mittelalterlichen Doktoren der Theologie, die sich nicht herausnahmen zu entscheiden, wie viele Engel auf einer Nadelspitze tanzen könnten, schneiden - soweit romantische Leichtgläubigkeit in Betracht kommt - recht übel ab gegen die modernen Physiker, die auf ein Billionstel Millimeter jede Bewegung und jede Stellung im Tanze der Elektronen festgestellt haben.

George Bernhard Shaw

Ein Mann, der an nichts glaubt, hat vor allem Angst.

George Bernhard Shaw

Es ist unerträglich, dass zwei menschliche Wesen, die Beziehungen eingegangen sind, die nur warme Zuneigung möglich machen kann, gezwungen sein sollen, diese auch aufrechtzuerhalten, wenn die Neigung aufgehört hat zu bestehen, oder trotz der Tatsache, dass sie niemals bestanden hat.

George Bernhard Shaw

Es wird allgemein zugegeben,
dass die Armut ein recht peinliches
Missgeschick für den Menschen ist,
den sie betrifft. Aber arme Leute sind,
wenn sie nicht gerade unter Hunger
und Kälte bitter leiden, nicht
unglücklicher als reiche Leute.
Oft sind sie sogar viel glücklicher.
Es ist nicht schwer, Menschen
zu finden, die mit sechzig Jahren
zehnmal so reich sind, als sie es mit
zwanzig waren.
Aber nicht einer von ihnen behauptet,
er sei zehnmal so glücklich.
Alle nachdenklichen Menschen
werden ihnen versichern,
dass Glück und Unglück
Sache der Veranlagungen sind und
mit Geld nichts zu tun haben.

George Bernhard Shaw

Wenn man der unbestrittene Liebling
der Mutter gewesen ist, so behält man
fürs Leben jene Zuversicht des
Erfolges, welche nicht selten wirklich
den Erfolg nach sich zieht.

Siegmund Freud (1856-1939)

Man kann kein guter Arzt sein
ohne Mitleid.

Axel Munthe (1857-1949)

Tapferkeit, wenn nicht das Glück ihr beisteht, verblutet unbelohnt.

AXEL MUNTHE

Auch die strenge wissenschaftliche Forschung kann ohne das freie Spiel der Einbildungskraft nicht vorwärtskommen. Wer nicht gelegentlich auch einmal kausalwidrige Dinge zu denken vermag, wird seine Wissenschaft nie um eine Idee bereichern können.

MAX PLANCK (1858-1947)

Es ist nicht die einfache Kreatur, die der Hilfe bedarf, sondern das Genie.

ELEONORE DUSE (1858-1924)

Unser Glück ist uns näher als wir es annehmen. Meistens ist es aber da, aber wir sehen es nicht, weil sich zwischen ihm und uns falsche Urteile über den Wert der Dinge drängen. Diese Vorurteile übernehmen wir oft von unserer Umgebung. Beginnen wir damit, sie auszuräumen.

HENRI BERGSON (1859-1941)

Das wahre Geschenk macht einen reicher, obwohl man etwas hingibt.

KNUT HAMSUM (1859-1952)

Alles verstehen heißt alles verzeihen - das wäre sehr edel gedacht und gesagt. Nur schade, dass das Verzeihen neunundneunzig Mal unter hundert aus Bequemlichkeit und höchstens einmal aus Güte geschieht; und dass die Güte unter hundert Fällen neunundneunzig Mal keineswegs in Reichtümern des Herzens, sondern vielmehr in Mängeln des Verstandes ihre Ursache zu haben pflegt.

ARTHUR SCHNITZLER (1862-1931)

Toleranz heißt: die Fehler der anderen entschuldigen. Takt heißt: sie nicht bemerken.

ARTHUR SCHNITZLER

Ein neuer Gedanke - das ist meist eine uralte Banalität in dem Augenblick, da wir ihre Wahrheit an uns selbst erfahren.

ARTHUR SCHNITZLER

Erinnerungsfälschung, das ist die ohnmächtige Rache, die unser Gedächtnis an der Unwiderruflichkeit alles Geschehens nimmt.

ARTHUR SCHNITZLER

Die Sehnsucht ist es, die unsere Seele nährt, und nicht die Erfüllung; und der Sinn unseres Lebens ist der Weg und nicht das Ziel. Denn jede Antwort ist trügerisch, jede Erfüllung zerfließt uns unter den Händen, und das Ziel ist keines mehr, sobald es erreicht wurde.

ARTHUR SCHNITZLER

Jede Liebesbeziehung hat drei Stadien, die unmerklich ineinander überfließen: das erste, in dem man auch schweigend miteinander glücklich ist; das zweite, in dem man sich schweigend miteinander langweilt, und das dritte, in dem das Schweigen gleichsam Gestalt geworden, zwischen den Liebenden steht, wie ein boshafter Feind

ARTHUR SCHNITZLER

Der Trotz ist die einzige Stärke des Schwachen - und eine Schwäche mehr.

ARTHUR SCHNITZLER

Dass wir einen Gott ahnen, ist nur ein unzulänglicher Beweis für sein Dasein. Ein stärkerer ist, daß wir fähig sind, an ihm zu zweifeln.

ARTHUR SCHNITZLER

GERHART HAUPTMANN

Jeder Krieg wird unter den richtigsten Vorwänden begonnen, aus guten Gründen weitergeführt und mit den verlogensten Ausreden beschlossen.

ARTHUR SCHNITZLER

Mit jedem Menschen stirbt eine Welt.

GERHART HAUPTMANN (1862-1946)

In der Kraft liegt auch die Geduld. In der Ungeduld offenbart sich die Schwäche.

GERHART HAUPTMANN

Je mehr Stimmen einen Irrtum stützen, um so stärker wird er als Irrtum, um so verheerender greift er über in das Gebiet der Wahrheit, deren Namen er sich anmaßt.

GERHART HAUPTMANN

Genie besteht immer darin, dass einem etwas Selbstverständliches zum erstenmal einfällt.

HERMANN BAHR (1863-1934)

Politik ist recht eigentlich die Kunst, sich auf den eigenen Vorteil ebenso gut als auf den des Nachbars zu verstehen und diesen für jenen auszunützen, indem man sich des Nachbars so bedient, dass er dabei meinen muss, man diene ihm.

HERMANN BAHR

Ein bisschen Güte von Mensch zu Mensch ist besser als alle Liebe zur Menschheit.

RICHARD DEHMEL (1863-1920)

Es gibt mehr Leute, die kapitulieren, als solche, die scheitern.

HENRY FORD (1863-1947)

Worte sind die mächtigste Droge, welche die Menschheit benutzt.

RUDYARD KIPLING (1865-1936)

Niemand ist vollkommen. Glück heißt: seine Grenzen kennen und sie lieben.

ROMAIN ROLLAND (1866-1944)

Heute weiß ich, dass das, was so herkömmlich Glauben genannt wird, nicht ein festes Gerüst von Lehren ist, die man unter Umständen mit bewusster Überwindung annehmen muss; sondern dass Glauben nichts ist, als das Hineinleben in die göttliche Welt; kein Ding, sondern ein Werden.

PAUL ERNST (1866-1933)

Eine Gabe ist eine Aufgabe. …Seit ich das erkannt habe, ist mir fast heiter und viel fester zumut. Ich *darf* nicht nur meine Arbeit vollenden - ich *soll* sie vollenden.

KÄTHE KOLLWITZ (1867-1945)

Ein Mensch, der - wer er auch immer sei - die Wahrheit nicht vertragen kann, hat keine wahren Freunde. Freunde werden zu Feinden oder zu Leuten, die ihm nach dem Mund reden. Das ist die Mathematik der Freundschaft.

RUDOLF G. BINDING (1867-1938)

Ein Mensch, der zu langsam ist, der wird nicht so viel Schaden unter den Menschen anstiften als der Mensch, der zu schnell ist.

MAX DAUTHENDEY (1867-1918)

Wer sich dünkt, mehr und besser zu sein, edler als die Tiere und die Pflanzen und die Erde und alle Dinge, weil er Mensch ist, dieser Mensch hat dadurch, dass er so denkt, den Anschluss an die Welt und an sich selbst, an seinen eigenen Urzustand eingebüßt.

MAX DAUTHENDEY

Bevor man die Welt vollendet,
wäre es vielleicht doch wichtiger,
sie nicht zugrunde zu richten.

PAUL CLAUDEL (1868-1955)

Wer scheut sich nicht, ein Menschenleben um eine Stunde zu verkürzen! Aber eine Stunde ihm zu verderben, wer hätte das Schlimmere nicht schon verschuldet?

WALTER RATHENAU (1867-1922)

Pietät ist nicht Liebe,
sondern Unterwerfung.
Eine furchtsame Tugend.

WALTER RATHENAU

Wenn man sich beim Leben allzusehr auf die Finger sieht, lebt man nicht mehr. Der Blick schafft sich dann das, was er sucht, und man wird zu dem, was zu sein man sich einredet.

ANDRÉ GIDE (1869-1951)

Es ist immer leichter, die Menschen zum Streit zu reizen und ihre Leidenschaften zu erhitzen, als sie zu mäßigen und sie zum geduldigen Werk des Friedens anzuhalten.

ANDRÉ GIDE

Wohin du auch gehen magst, immer begegnest du Gott. Gott ist, was vor uns ist.

ANDRÉ GIDE

Der Glaube besteht aus Vertrauen in Gott und aus der Hingabe seiner selbst.

ANDRÉ GIDE

Die Kunst ist eine Zusammenarbeit zwischen Gott und den Menschen. Je weniger der Mensch dabei tut, desto besser.

ANDRÉ GIDE

Es ist unglaublich, was Ungläubige alles glauben müssen.

KARDINAL FAULHABER (1869-1952)

Wir sind manchmal viel zu sehr geneigt zu glauben, dass die gegenwärtigen Voraussetzungen für einen Stand der Dinge die einzig möglichen seien.

MARCEL PROUST (1871-1922)

Die Geschöpfe, die in unserem Leben eine große Rolle gespielt haben, verlassen es nur selten mit einem Schlag und für alle Zeiten. Sie tauchen immer wieder darin auf (so dass man manchmal an einen Neubeginn der Liebe glaubt), bis sie endgültig verschwinden.

Marcel Proust

Der Mann ist es, dem die Wunder der Technik geglückt sind. Die Frau, die heute in Flugzeugen und Rennwagen Erstaunliches leistet, hat sich seine Errungenschaften nur zu Nutze gemacht, von selbst hätte sie wahrscheinlich keine Schraube erfunden. Dennoch ist sie, nicht er, am aufsteigenden Ast.

Annette Kolb (1870-1967)

Der Tod dauert das ganze Leben. Aller Vermutung nach hört er auf, sobald er eintritt.

Paul Valérie (1871-1945)

Ich weiß nicht, wie das Bewusstsein eines Toren ist, aber das eines Mannes von Geist ist voller Torheiten.

Paul Valérie

Demokratie ist im Grunde die Anerkennung, dass wir, sozial genommen, alle füreinander verantwortlich sind.

HEINRICH MANN (1871-1950)

Es gibt keinen strengeren Erzieher als den Ehrgeiz. Wobei freilich außer Betracht bleibt: wozu?

CHRISTIAN MORGENSTERN (1871-1914)

Ein Kunstwerk schön finden heißt, den Menschen lieben, der es hervorbrachte.

CHRISTIAN MORGENSTERN

Den seelischen Wert einer Frau erkennst du daran, wie sie zu altern versteht und wie sie sich im Alter darstellt.

CHRISTIAN MORGENSTERN

Die Natur ist die große Ruhe gegenüber unserer Beweglichkeit. Darum wird sie der Mensch immer mehr lieben, je feiner und beweglicher er werden wird. Sie gibt ihm die großen Züge, die weiten Perspektiven und zugleich das Bild einer bei aller unermüdlichen Entwicklung erhabenen Gelassenheit.

CHRISTIAN MORGENSTERN

Das Ich ist die Spitze des Kegels, dessen Boden das All ist.

CHRISTIAN MORGENSTERN

Das menschliche Denken ist wie eine trübe Flüssigkeit, die sich im Lauf der Jahrhunderte langsam klärt.

CHRISTIAN MORGENSTERN

Ich meine, es müsste einmal ein sehr großer Schmerz über die Menschen kommen, wenn sie erkennen, dass sie sich nicht geliebt haben, wie sie sich hätten lieben können.

CHRISTIAN MORGENSTERN

Die Idee vom »vollen Glück« hat für mich immer etwas so Trostloses, Bedrückendes. Es klingt so peinlich definitiv, als ob dann alles vorbei wäre, wie wenn man sich schon zu Lebzeiten seinen Sarg bestellt.

FRANZISKA ZU REVENTLOW (1871-1918)

Sei sparsam! Hasse nicht, wo du mit Verachtung auskommst.

ALEXANDER RODA RODA (1872-1945)

Das, was die Menschen den Kampf ums Dasein nennen, ist nichts anderes als der Kampf um den Aufstieg.

BERTRAND RUSSELL (1872-1970)

Doch scheint es nun einmal das Schicksal der Idealisten zu sein, das, worum sie kämpfen, in einer Form zu erhalten, die ihr Ideal zerstört.

Bertrand Russell

Das Schönste, das man erleben kann, ist, da, wo man so verehrend liebt, gebraucht zu werden mit allem, was man schenken kann. Dann gibt es überhaupt keine Grenzen der Kraft mehr.

Gertrud Bäumer (1873-1954)

Erotik ist Überwindung von Hindernissen. Das verlockendste und populärste Hindernis ist die Moral.

Karl Kraus (1874-1936)

Die Ehre ist der Wurmfortsatz im seelischen Organismus. Ihre Funktion ist unbekannt, aber sie kann Entzündungen bewirken. Man soll sie getrost den Leuten abschneiden, die dazu inklinieren, sich beleidigt zu fühlen.

Karl Kraus

Das Leben ist eine Anstrengung, die einer besseren Sache würdig wäre.

Karl Kraus

Das Geheimnis des Agitators ist, sich so dumm zu machen, wie seine Zuhörer sind, damit sie glauben, sie seien so gescheit wie er.

KARL KRAUS

Philosophie ist oft nicht mehr als der Mut, in einen Irrgarten einzutreten. Wer aber dann auch die Eingangspforte vergisst, kann leicht in den Ruf eines selbstständigen Denkers kommen.

KARL KRAUS

Die stärkste Kraft reicht nicht an die Energie heran, mit der manch einer seine Schwäche verteidigt.

KARL KRAUS

Junge Leute sollten bei ihrer Lektüre so vorsichtig sein, wie alte Menschen bei ihrer Ernährung. Sie sollten nicht zu viel essen. Und sie sollten gut kauen.

WINSTON S. CHURCHILL (1874-1965)

Man kann sechzig Jahre alt geworden sein, ohne zu ahnen, was ein Charakter ist. Nichts ist verborgener als die Dinge, die wir beständig im Munde führen.

HUGO VON HOFMANNSTHAL (1874-1929)

Das gute Leben ist ein ewiges Wiederanfangen.

Hugo von Hofmannsthal

Von unserer Schwachheit sprechen, sie uns selber eingestehen, ist es nicht schmerzlich süß?

Hugo von Hofmannsthal

Es ist die Todesstunde, auf die wir alle hinleben, und in diesem Hinleben auf diese Stunde bewähren wir uns.

Hugo von Hofmannsthal

Wer im Verkehr mit Menschen die Manieren einhält, lebt von seinen Zinsen. Wer sich über sie hinwegsetzt, greift sein Kapital an.

Hugo von Hofmannsthal

Philosophie sind Gedanken, die zu Ende gedacht sind. Das ist oft langweilig. Aber der Mensch hat nur die Wahl, sich von zu Ende gedachten Gedanken beeinflussen zu lassen oder von nicht zu Ende gedachten. Das letztere nennt man Kultur und Aufklärung.

Gilbert Keith Chesterton (1874-1936)

Die Rätsel Gottes sind befriedigender als die Lösungen der Menschen.

Gilbert Keith Chesterton

Albert Schweitzer

Die Natur ist wirklich weise: Der Mensch hat zwei Ohren und nur eine Zunge. Er sollte eben doppelt so viel hören wie reden.

William Somerset Maugham (1874-1965)

Geld ist der sechste Sinn; der Mensch muss ihn haben - denn ohne ihn kann er die anderen fünf nicht voll ausnützen.

William Somerset Maugham

Der Mensch hat das Warten verlernt. Darin liegt das Grundübel unserer Zeit.

William Somerset Maugham

Schuldig geworden sein bedeutet, ein teuer bezahltes tieferes Verstehen der Dinge besitzen.

Albert Schweitzer (1875-1965)

Für uns Abendländer besteht alle
Kultur darin, dass wir zugleich an
unserer Vollendung und an der der
Welt arbeiten.

ALBERT SCHWEITZER

Wer sich vornimmt, Gutes zu wirken,
darf nicht erwarten, dass die Menschen
ihm deswegen Steine aus dem Wege
räumen, sondern muss auf das
Schicksalhafte gefasst sein,
dass sie ihm welche daraufrollen.

ALBERT SCHWEITZER

Auf das eine allein kommt es an:
dass jeder das, was er besitzt,
als etwas bewertet,
mit dem er wirken will.

ALBERT SCHWEITZER

Ethik ist ins Grenzenlose erweiterte
Verantwortung gegen alles, was lebt.

ALBERT SCHWEITZER

Um die Liebenden ist lauter
Sicherheit.

RAINER MARIA RILKE (1875-1926)

Es kommt vielleicht nur darauf an,
einmal mit einem einzigen Gedanken
die ganze Welt zu denken, um nicht
mehr verloren zu gehen.

RAINER MARIA RILKE

Das, was die Kunstwerke unterscheidet von allen anderen Dingen, ist der Umstand, dass sie gleichsam zukünftige Dinge sind, deren Zeit noch nicht gekommen ist.

RAINER MARIA RILKE

Sollte ich bestimmen, was ich persönlich unter Religiosität verstehe, so würde ich sagen: sie ist Aufmerksamkeit und Gehorsam; Aufmerksamkeit auf innere Veränderungen der Welt, auf den Wechsel im Bilde der Wahrheit und des Rechten; Gehorsam, der nicht säumt, Leben und Wirklichkeit diesen Veränderungen, diesem Wechsel anzupassen und so dem Geiste gerecht zu werden.

THOMAS MANN (1875-1955)

Es ist schwer, zu bestimmen und zu unterscheiden, wie weit die großen Männer einem Volkscharakter ihr Gepräge aufdrücken, ihn vorbildlich formen - und wie weit sie selbst bereits seine Personifikation, sein Ausdruck sind.

THOMAS MANN

Frömmigkeit ist eine Art der Klugheit, sie ist Gottesklugheit.

THOMAS MANN

Die Bewunderung ist das Beste, was wir haben, - ja, wenn man mich fragte, welchen Affekt, welches Gefühlsverhältnis zu den Erscheinungen der Welt, der Kunst und des Lebens ich für das schönste, glücklichste, unentbehrlichste halte, würde ich ohne Zögern antworten: Es ist die Bewunderung.

THOMAS MANN

Die Zeit ist ein kostbares Geschenk, uns gegeben, damit wir in ihr klüger, besser, reifer, vollkommener werden. Sie ist der Friede selbst, und Krieg ist nichts als das wilde Verschmähen der Zeit, der Ausbruch aus ihr in sinnloser Ungeduld.

THOMAS MANN

Bücher sind bessere Freunde als Menschen; denn sie reden nur, wenn wir wollen, und schweigen, wenn wir anderes vorhaben. Sie geben immer und fordern nie.

FREIHERR VON MÜNCHHAUSEN (1874-1945)

Je lauter unsere Welt wird, je tiefer scheint Gott zu schweigen - Schweigen ist die Sprache der Ewigkeit, Lärm geht vorüber.

GERTRUD VON LE FORT (1876-1971)

Die Welt kann zwar durch die Kraft des Mannes bewegt werden, gesegnet aber im eigentlichen Sinne des Wortes wird sie immer nur im Zeichen der Frau.

GERTRUD VON LE FORT

Die mütterliche Frau, die ganz in die Bedürfnisse des Alltags untergetaucht ist, sie ist im Grunde die große Besiegerin des Alltags; sie besiegt ihn täglich aufs neue, indem sie ihn erträglich macht; sie hat ihn am stärksten besiegt, wenn man ihren Sieg am wenigsten merkt. Die Unscheinbarkeit dieses täglichen Sieges, seine völlige Unberühmtheit ist der eigentliche und tiefste Ruhm der zeitlosen Frau, vergleichbar nur mit dem jenes unbekannten Soldaten des Weltkrieges - er ist der Sohn der unbekannten Frau

GERTRUD VON LE FORT

Man bewältigt ein Gebirge, und man stolpert über einen Stein.

GERTRUD VON LE FORT

Der Teufel kann alles gewähren, nur keine Liebe.

GERTRUD VON LE FORT

Einsamkeit ist der Weg, auf dem das Schicksal den Menschen zu sich selber führen will.

Hermann Hesse (1877-1962)

Nicht dort ist die Tiefe der Welt und ihrer Geheimnisse, wo die Wolken und die Schwärze sind, die Tiefe ist im Klaren und Heiteren.

Hermann Hesse

Die ganze Weltgeschichte scheint mir oft nichts anderes zu sein als ein Bilderbuch, das die heftigste und blindeste Sehnsucht der Menschen spiegelt: die Sehnsucht nach Vergessen. Tilgt da nicht jede Generation mit den Mitteln des Verbotes, des Totschweigens, des Spottes immer gerade das aus, was der vorigen Generation das Wichtigste schien?

Hermann Hesse

Alles Wissen und alle Vermehrung unseres Wissens endet nicht mit einem Schlusspunkt, sondern mit Fragezeichen. Ein Plus an Wissen bedeutet ein Plus an Fragestellungen, und jede von ihnen wird immer wieder von neuen Fragestellungen abgelöst.

Hermann Hesse

Der Mut bedarf der Vernunft,
aber er ist nicht ihr Kind,
er kommt aus tieferen Schichten.

HERMANN HESSE

Die Kraft des Genießens und die des Erinnerns sind voneinander abhängig. Genießen heißt einer Frucht ohne Rest ihre Süßigkeit entpressen. Und Erinnerung heißt die Kunst, einmal Genossenes nicht nur festzuhalten, sondern immer reiner auszuformen.

HERMANN HESSE

Jeder Mensch, der von der Ansicht ausgeht, dass die Gesetze, die für ihn gut sind, auch für andere gelten müssen, ist ein Philister.

EGON FRIEDELL (1878-1938)

Wenn ich auf einem Berge stehe und von dort aus einen entlegenen Punkt fixiere, so sagen die Resultate meiner Beobachtung von diesem Punkt nicht übermäßig viel aus, wohl aber sehr viel von meiner Sehkraft, der Art meines Standorts, der Atmosphäre, die mich umgibt. Mit anderen Worten: Psychologie ist die Wissenschaft von der Seele dessen, der sie betreibt.

EGON FRIEDELL

Hans Carossa

Eine Dichtung ist nichts anderes als eine Aufforderung an das Publikum, zu dichten. Je mehr Spielraum sie gewährt, je mehr Stellen sie offen lässt, desto bedeutender ist sie. In jedem Versteher erwächst ihr ein neuer Dichter. Tausend Auffassungen sind möglich und alle sind richtig.

Egon Friedell

Ein kluger Mensch wird schon aus Egoismus bescheiden sein. Er schützt sich damit vor seinem perfidesten Gegner: vor sich selbst.

Egon Friedell

Wenn Liebe welkt, Begeisterung ermattet, Glaube altert, schwindet auch die Schöpferkraft.

Hans Carossa (1878-1956)

Man sollte sich hüten, dem jungen Menschen den Erfolg im üblichen Sinne als Ziel des Lebens hinzustellen. Als erfolgreicher Mann gilt jeder, der von seinen Mitmenschen mehr empfängt als seinen Diensten entspricht. Der Wert eines Mannes aber sollte in dem bestehen, was er gibt, und nicht in dem, was er zu erlangen vermag.

ALBERT EINSTEIN (1879-1955)

Es ist leichter, ein Atom zu zertrümmern, als ein Vorurteil.

ALBERT EINSTEIN

Es gibt einen heißen und einen kalten Eifer. Die größten Dinge in der Welt sind durch den letzteren vollendet worden.

LLOYD GEORGE (1879-1941)

Glaube ist Glaube an Unsichtbares. Wissen ist Glaube an Sichtbares.

OSWALD SPENGLER (1880-1936)

Das Christentum ist die einzige Religion der Weltgeschichte, in welcher ein Menschenschicksal der unmittelbaren Gegenwart zum Sinnbild und Mittelpunkt der gesamten Schöpfung geworden ist.

OSWALD SPENGLER

Oswald Spengler

Kultur hat ihren sichersten Gradmesser an dem, wieviel einer aushält im Guten wie im Schlimmen. Der Kultivierte übersteht die Niederlage geistig ungebrochen.

Hermann von Keyserling (1880-1946)

Du kannst dein Leben nicht verlängern, noch verbreitern, nur vertiefen.

Gorch Fock (1880-1916)

Liebe ist der Entschluß, das Ganze eines Menschen zu bejahen, die Einzelheiten mögen sein, wie sie wollen.

Otto Flake (1880-1963)

Der Optimismus ist die Harmonie zwischen dem Geiste des Menschen und dem verheißenden Geiste Gottes.

Helen Keller (1880-1968)

Eine Leidenschaft ist ein Gefühl, das sich selbst, frei von allen Vermengungen, nicht genug tun kann. Sie ist zugleich das Gefühl einer Ohnmacht in der Person und das einer von ihr ausgehenden Bewegung, welche die ganze Welt ergreift.

ROBERT MUSIL (1880-1942)

Jeden anständigen Menschen verlangt es nach innerer und äußerer Ordnung, aber andererseits verträgt man auch nicht zu viel von ihr, ja eine vollkommene Ordnung wäre sozusagen der Ruin allen Fortschritts und Vergnügens.

ROBERT MUSIL

Wir bilden uns oft ein, in der Geschichte der Schöpfung würden sich die Dinge unendlich und eintönig wiederholen. Doch für unser kurzes Leben dauert die Zeit des Reifens zu lang; überdies ist die Umgestaltung für unsere oberflächliche und eingeengte Sicht zu umfassend und zu sehr im Innern verborgen.
Daher können wir die Fortschritte all dessen, was sich in jeder Materie und in jedem Geist und durch sie hindurch pausenlos vollzieht, gar nicht wahrnehmen.

PIERRE TEILHARD DE CHARDIN (1881-1955)

Gott zeigt sich uns begrenzten Wesen nicht als eine ganz fertige Sache, die wir nur anzunehmen hätten. Vielmehr ist Er für uns die ewige Entdeckung und das ewige Wachstum. Je mehr wir Ihn zu begreifen glauben, um so mehr weicht Er zurück und zieht uns in die Tiefen seiner selbst hinein.

PIERRE TEILHARD DE CHARDIN

Man kann nicht das Individuelle in der Welt retten, man kann nur das Individuum verteidigen in sich selbst. Des geistigen Menschen höchste Leistung ist immer Freiheit,
Freiheit von den Menschen,
von den Meinungen, von den Dingen.
Freiheit zu sich selbst.

STEFAN ZWEIG (1881-1942)

Phantasie bedeutet eine bescheidene Teilhabe an der Art, wie der liebe Gott die Welt sieht: von oben her und frei!

EDUARD SPRANGER (1882-1963)

Wert und Sinn der Ehe liegen nicht nur in der leidenschaftlichen Liebe, sondern vor allem im gemeinsamen Erleben und Tragen alles Guten und Schweren.

LEONHARD FRANK (1882-1961)

TOLSTOI

Es gibt eine Grenze für das Aussprechen der Gefühle, die man nicht überschreiten soll.

TOLSTOI (1883-1945)

Der Jüngling ist noch nichts Bestimmtes, Unwiderrufliches; er ist Bereitschaft zu allem. Das ist seine Anmut und seine Anmaßung. Da er sich zu allem mächtig fühlt, meint er, es auch schon zu sein. Er braucht nicht aus sich selbst zu leben; er lebt der Möglichkeit nach alle fremden Leben.

JOSÉ ORTEGA Y GASSET (1883-1955)

Die Frau ist kein Raubtier. Im Gegenteil: sie ist die Beute, die dem Raubtier auflauert.

JOSÉ ORTEGA Y GASSET

Die Geschichte ist ohne Gnade die Herrschaft des Mittelmäßigen. Der größte Genius zerschellt an der unbegrenzten Gewalt des Gewöhnlichen.

José Ortega y Gasset

Was ist die Gewalt anderes als Vernunft, die verzweifelt?

José Ortega y Gasset

Die Vergangenheit ist das einzige Arsenal, wo wir das Rüstzeug finden, unsere Zukunft zu gestalten. Wir erinnern uns nicht ohne Grund.

José Ortega y Gasset

Die Angst vor dem Tode ist die Angst vor dem, was nach ihm kommt.

Karl Jaspers (1883-1969)

Es gibt kein Gutes ohne mögliches oder wirkliches Böses, keine Wahrheit ohne Falschheit, Leben nicht ohne Tod; Glück ist an Schmerz gebunden, Verwirklichen an Wagen und Verlieren.

Karl Jaspers

Duldung ist nicht ein schwächliches Gesäusel, sondern ein männliches Verstehen des anderen.

Theodor Heuss (1884-1963)

Es ist sehr gut denkbar, daß die Herrlichkeit des Lebens um jeden und immer in ihrer ganzen Fülle bereitliegt, aber verhängt, in der Tiefe, unsichtbar, sehr weit. Aber sie liegt dort, nicht feindselig, nicht widerwillig, nicht taub. Ruft man sie mit dem richtigen Wort, beim richtigen Namen, dann kommt sie.

FRANZ KAFKA (1883-1924)

Wenn man alt geworden ist, entdeckt man, dass es für den Menschen eine Art Glück bedeutet, durch das Geschöpf zu leiden, das man liebt.

FRANÇOIS MAURIAC (1885-1970)

Der Mensch gewöhnt sich rasch an die Wunder, die er selber vollbringt.

FRANÇOIS MAURIAC

Jemanden lieben heißt,
als einziger ein Wunder begreifen,
das für alle andern unsichtbar bleibt.

FRANÇOIS MAURIAC

Wenn Tapferkeit Furchtlosigkeit bedeutet, dann ist mir noch kein tapferer Mann begegnet.
Jeder Mensch fürchtet sich,
je intelligenter er ist, um so mehr.
Tapfer ist, wer von seiner Furcht keine Notiz nimmt.

GEORGE PATTON (1885-1945)

Ein klassisches Werk ist klassisch,
nicht weil es sich gewissen Regeln
des Aufbaus fügt oder zu gewissen
Definitionen stimmt
(von denen der Autor wahrscheinlich
nie gehört hat).
Es ist klassisch kraft einer
gewissen ewigen und nicht
kleinzukriegenden Frische.

EZRA POUND (1885-1972)

Die Kraft ruht in der Einsamkeit,
des Strebens in sich selbst. Streben
zu Höherem kann nur
der sich selbst Beschränkende. -
Eremitage des Alltagslebens.

ERNST WIECHERT (1887-1950)

Am Abend eines Lebens werden die großen und wichtigen Dinge klarer, so wie in der Landschaft die Linien klarer werden. Unsere Waage wird zuverlässiger und gerechter, und sie wird auch milder. Und milder wird auch die Trauer um die große Erkenntnis, dass wir aufhören müssen, Mensch zu sein, gerade in dem Augenblick, in dem wir begonnen haben, es zu werden.

ERNST WIECHERT

Einen Gescheiten kann man überzeugen, einen Dummen muss man überreden.

CURT GOETZ (1888-1960)

Der Kluge ärgert sich über die Dummheiten, die er machte, der Weise belächelt sie.

CURT GOETZ

Das Arge ist nicht, verachtet zu werden, sondern lediglich, sich selbst verachten zu müssen.

GEORGES BERNANOS (1888-1948)

Wer die Freiheit verteidigt und dabei nur an sich selber denkt, trägt bereits alle Voraussetzung zum Verrat in sich.

GEORGES BERNANOS

Es liegt in der Gebrechlichkeit unserer Natur, dass wir unser eigenes Elend zuerst im anderen entdecken.

GEORGES BERNANOS

Ich halte die Vergangenheit in Ehren, aber ich denke unablässig an die Zukunft.

GEORGES BERNANOS

Was wir Zufall nennen, ist vielleicht die Logik Gottes?

GEORGES BERNANOS

Wir können unserer Zivilisation gegenüber keinen größeren Verrat begehen, als indem wir die Leute glauben machen, sie sei nur von außen bedroht.

GEORGES BERNANOS

Was den Geschmack anbetrifft, da kann man sich immer blamieren, so oder so. Aber was das Gefühl angeht: Wohl dem, der hat, und das ist meistens richtig.

VICKY BAUM (1888-1960)

Gute Erziehung besteht darin, dass man verbirgt, wieviel man von sich selbst hält und wie wenig von den anderen.

JEAN COCTEAU (1889-1963)

Die Seele ist ein und dasselbe Wasser, das in uns allen enthalten ist; sie wechselt Form und Farbe, je nach der Form und Farbe der Flaschen.

JEAN COCTEAU

Unter Stil verstehe ich die Fähigkeit, komplizierte Dinge einfach zu sagen - nicht umgekehrt.

JEAN COCTEAU

FRANZ WERFEL

Der sicherste Reichtum ist die Armut an Bedürfnissen.

FRANZ WERFEL (1890-1945)

Nur der Anachronismus hat eine Chance, die Epoche zu überdauern.

FRANZ WERFEL

Die wissende Heiterkeit ist ein Tor zum Ewigen. Die Tür dreht sich in den Angeln, die aus den Rätseln des Daseins bei einem kundigen Schmied einst geschmiedet worden.

MARTIN HEIDEGGER (1889-1976)

Ungeduld ist die einzige Eigenschaft der Jugend, deren Verlust man im Alter nicht beklagt.

FRANK THIESS (1890-1977)

Die unheimlichste Erscheinung des Lebens ist die Zeit: undefinierbar, unerkennbar, unmessbar. Eines Tages kommt man dahinter, dass sie nicht einmal existent ist.

FRANK THIESS

Die Freiheit des Menschen besteht darin, dass er die Entscheidung sucht, auch wenn sie gegen ihn fallen sollte.

FRANK THIESS

Nichts ist schwerer und nichts erfordert mehr Charakter, als sich in offenem Gegensatz zu seiner Zeit zu befinden und laut zu sagen: nein.

KURT TUCHOLSKY (1890-1935)

Einen kurzen Augenblick nur wohnt unser Geist in einer vergänglichen Hülle. Man muss das Äußerste daraus machen.

CLAIRE GOLL (1891-1977)

Ich kann Frauen nicht ausstehen. Sie sind oberflächlich und dilettantisch. Pomadisierte und geschminkte Zirkustierchen. Selbst unter den großen entgeht keine der allgemeinen Kleinlichkeit.

CLAIRE GOLL

Im Umgang mit Männern lernt der Mann sich selber kennen, im Umgang mit Frauen die Welt.

LUDWIG STRAUSS (1892-1953)

Du magst viele Geheimnisse ergründen, aber nicht dies: ob und wieweit ein spielendes Mädchen ans Leben seiner Puppe glaubt.

LUDWIG STRAUSS

Viele Menschen versäumen das kleine Glück, während sie auf das große vergebens warten.

PEARL S. BUCK (1892-1973)

Für den Menschen, welcher den Wunsch hat, gerecht zu sein, ist nichts so wichtig wie die Fähigkeit der Unterscheidung zwischen dem, das auf den Scheiter-, und dem, das auf den Misthaufen gehört.

WERNER BERGENGRUEN (1892-1964)

Erfahrung ist nicht das,
was mit einem Menschen geschieht,
sondern das,
was er daraus macht.

ALDOUS LEONARD HUXLEY (1894-1963)

Zynismus: Die trüben Aspekte des Menschen nicht nur kennen, sondern mit ihnen protzen.

Ludwig Marcuse (1894-1971)

Was liefert der Verstand? Die Gesetze der Logik? Verständig ist auch die rechte Anwendung der Erfahrungen auf den besonderen Fall! Was kann der Verstand nicht? Erfahrungen schaffen, Fakten geben.

Ludwig Marcuse

Die Triebfeder der Politik ist meist Eitelkeit, Ehrgeiz, Machtwille, nur selten Habsucht und noch seltener der uneigennützige Wille, einer Idee oder einer Menschengruppe zu dienen.

Richard Coudenhove-Kalergi (1894-1972)

Ein Hund, der bellt, ist mehr wert als ein Mensch, der lügt.

Henry de Montherlant (1896-1972)

Die Liebe! Gewiss die Liebe,
Feuer und Flammen für ein Jahr,
Asche für dreißig.

Giuseppe Tomasi di Lampedusa (1896-1957)

Feierlichkeit nennt man jenen Nebel, welchen die Dummheit zu ihrem Schutze erzeugt, wenn sie in die Enge getrieben wird.

HEIMITO VON DODERER (1896-1966)

Die Prostitution ist nur eine Fata Morgana des Sexuellen für Wanderer in der Wüste der Entbehrung.

HEIMITO VON DODERER

Macht besteht. Unmacht verkommt.
Aber Macht ist nicht eine Ansammlung
äußerer Kräfte allein.
Die höchste Macht ist das Leben,
wenn es erfüllt ist vom Bewusstsein
der Produktivität. Dann ist es den
ungeheuersten Gewalten
der Vernichtung überlegen …

CARL ZUCKMAYER (1896-1977)

Wenn ich meinen Nächsten verurteile, kann ich mich irren, wenn ich ihm verzeihe, nie.

KARL HEINRICH WAGGERL (1897-1973)

Der Gedanke der Überlegenheit des Maßes über die Maßlosigkeit hat durch mehr als ein Jahrtausend hindurch die Kulturgeschichte bestimmt.

PETER BAMM (1897-1975)

Die Wissenschaft der Physik ist der Versuch, im Wunder der Schöpfung Gesetzmäßigkeiten aufzuzeigen und diese mathematisch zu formulieren.

PETER BAMM

Erst wenn man genau weiß, wie die Enkel ausgefallen sind, kann man beurteilen, ob man seine Kinder gut erzogen hat!

ERICH MARIA REMARQUE (1898-1970)

Gebildet ist, wer Parallelen sieht, wo andere etwas völlig Neues zu erblicken glauben.

SIGMUND GRAFF (1898-1979)

Wirklicher Fortschritt ist, was Fortschreiten ermöglicht oder erzwingt.

BERT BRECHT (1898-1956)

Charakter - das ist eine Zeitfrage.

BERT BRECHT

Die Bestechlichkeit ist bei den Menschen dasselbe wie beim lieben Gott die Barmherzigkeit.

BERT BRECHT

Niemand unter den Sterblichen ist so groß, dass er nicht in ein Gebet eingeschlossen werden könnte.

Bert Brecht

Wer nicht sterben kann, stirbt auch.

Bert Brecht

Das blutige Rot der Scheiterhaufen ist immergrün.

Erich Kästner (1899-1974)

Ein Witz ist nur ein Hüpfen der Seele,
ein Tanzschritt des Geistes,
ein Kurzschluß der Melancholie,
nur die Kehrseite der Verzweiflung.

Hermann Kesten (1900-1996)

Das, worauf es ankommt, können wir nicht vorausberechnen. Die schönste Freude erlebt man immer da, wo man sie am wenigsten erwartet.

Antoine de Saint-Exupéry (1900-1944)

Die Politik ist eine Bühne, auf der die Souffleure manchmal lauter sprechen als die Darsteller.

Ignazio Silone (1900-1978)

Die Hauptschwierigkeit für den
Kritiker besteht darin,
daß er Kenner sein muss
und dabei doch nicht vergessen darf,
Liebhaber zu bleiben.

Martin Kessel (1901-1990)

Das Glück ist eine in die Gunst des
Augenblicks gefasste Ewigkeit.

Martin Kessel

Ein Leben ist nichts wert;
aber nichts ist ein Leben wert.

André Malraux (1901-1976)

Ein Geschenk, das kein Opfer ist,
ist kein Geschenk.

John Steinbeck (1902-1968)

Die jüngere Generation ist der Pfeil,
die ältere der Bogen.

John Steinbeck

Nur dort war die Gesellschaftskritik
von Erfolg gekrönt, wo es die
Menschen gelernt hatten, fremde
Meinungen zu schätzen.

Karl Popper (1902-1996)

Alles Leben ist Problemlösen.

Karl Popper

Es gehört zum großen Unglück
der Welt, daß sie verlernt hat,
mit den Toten zu leben
und zu hören auf die stillen
Einflüsterungen der Liebe
aus dem anderen Reich.

Reinhold Schneider (1903-1958)

Wenn wir nachdenken
über unser Leben,
sollte uns eigentlich die Tatsache,
dass wir am Leben sind,
am meisten überraschen.

Reinhold Schneider

Es ist etwas Merkwürdiges: Wir Menschen erkennen die Fehler bei anderen, ihre Dummheit, ihre Borniertheit, ihre Feigheit, ihre Enge, ihre Sentimentalität, ihre Traumata, ihre verklemmten Affekte, ihre Minderwertigkeitskomplexe. Wie schwer gelingt es uns, uns zu sagen: So wie ich es bei andern erkenne, muss es vermutlich auch bei mir sein.

Karl Rahner (1904-1984)

Die Musik ist die wahrhafte, lebende Geschichte der Menschheit, von der wir sonst nur tote Teile haben. Man braucht aus ihr nicht zu schöpfen, denn sie ist immer schon in uns da, und es genügt, schlicht zu hören, da man sonst vergeblich lernt.

Elias Canetti (1905-1994)

Der Fluch des Sterben-Müssens soll zu einem Segen gewandelt werden: dass man noch sterben kann, wenn es unerträglich ist zu leben.

ELIAS CANETTI

Das Gefährliche an den Verboten: dass man sich auf sie verlässt, dass man nicht darüber nachdenkt, wann sie zu ändern wären.

ELIAS CANETTI

Das Leben ist wie eine Panik im Theater, das brennt. Jeder sucht den Ausgang, keiner findet ihn, jeder schlägt jeden, und wer fällt, hat Pech, er wird sofort zertrampelt.

JEAN-PAUL SARTRE (1905-1980)

Alle großen Erfindungen, alle großen Werke sind das Resultat einer Befreiung; die Befreiung von den Routinen des Denkens und Tuns.

ARTHUR KOESTLER (1905-1983)

Alles, was der Mensch tut, um sich die Natur zu unterwerfen, richtet sich zugleich gegen den Menschen, denn der ist es, den er eigentlich unterwerfen will.

CLEMENS MÜNSTER (geb. 1906)

Denke daran, dass nach den großen Zerstörungen jedermann beweisen wird, dass er unschuldig war.

Günter Eich (1907-1972)

In der Tat finden die Männer in ihrer Gefährtin einen besseren Komplicen, als der Unterdrücker üblicherweise im Opfer seiner Unterdrückung findet.

Simone de Beauvoir (1908-1986)

Wie viele Feministen bin auch ich für die Abschaffung der Familie, weiß jedoch nicht recht, wie man sie ersetzen könnte.

Simone de Beauvoir

An die Dinge glauben heißt: etwas bestehen lassen nach dem eigenen Tode, und im Leben die Befriedigung haben, in Berührung zu kommen mit dem, was noch nach uns bestehen wird.

Cesare Pavese (1908-1950)

Würden sich die Menschen um das Vergessen nur halb so viel bemühen wie um das Erinnern, dann wäre die Welt schon längst ein friedliches Paradies.

Jean Anouilh (1910-1991)

Die Unverbindlichkeit, das Schweigen zu einer Untat, die man weiß, ist wahrscheinlich die allgemeinste Art unserer Mitschuld.

Max Frisch (1911-1991)

Wenn man jederzeit auf unserer Stirn lesen könnte, wo unsere Gedanken sind, kein Mensch möchte mit uns die Gegenwart teilen.

Max Frisch

Am kostbarsten sind immer die Dinge, die keinen Preis haben.

Luise Rinser (geb. 1911)

Die wirklich Reichen in unserer hektischen Welt sind die Leute, die Geld *und* Zeit haben.

Rudolf Hagelstange (1912-1984)

Die Literatur ist nichts,
aber sie dient der Therapie.

Eugene Ionesco (1912-1994)

Freiheit ist ein Gut, das durch Gebrauch wächst, durch Nichtgebrauch dahinschwindet.

Carl Friedrich von Weizsäcker (geb. 1912)

Das Leben verlieren ist keine große Sache; aber zuschauen, wie der Sinn des Lebens aufgelöst wird, das ist unerträglich.

Albert Camus (1913-1960)

Namenregister